Annalena

Ein Roman von Marie Pschribülla

D1720443

2.Auflage

Marie Pschribülla wurde am 28.01.1990 in Weißenfels geboren. Sie studiert Erziehungs-und Entwicklungsberatung und arbeitet gleichzeitig mit Grundschulkindern.

Ihre Fachhochschulreife sowie ihre Zertifizierung zum Projektmanagement absolvierte sie in Görlitz.

In ihrer Freizeit ist Marie Pschribülla im Institut für Hochsensibilität (IFHS) als Kontaktperson und Teilnehmerin des Gesprächskreises für hochsensible Personen in Chemnitz tätig. Freie Texte für die elektronische Zeitung Intensity stellt sie dem IFHS zur Verfügung.

Nach ihrem Umzug zurück ins Erzgebirge begann sie ihre Musikalität in verschiedenen Chören auszuleben. Zuvor war sie als Klarinettistin im Symphonieorchester Thum e.V. und als Laienmusikerin am Gerhard-Hauptmann-Theater Görlitz/Zittau tätig.

In Gedenken an alle Menschen, die mich auf meinem bisherigen Lebensweg immer unterstützten und mir in guten wie in schlechten Zeiten zur Seite standen.

Vorwort

Dieses Buch wird Ihnen zeigen, dass Sie nicht alleine auf der Welt mit Ihren Sorgen sind.

Dass es immer Hoffnung geben kann, auch wenn es auf der Schattenseite des Lebens oftmals schwierig ist den eigenen Weg zu gehen.

Und, dass Nächstenliebe wichtiger ist, als das Streben nach Leistung und Geld.

Denn :

Wir brauchen einander in guten wie in schlechten Zeiten.

Ihre Marie Pschribülla

1.

Einen Tag wie diesen hätte Annalena eigentlich als einen perfekten Tag dieser Jahreszeit bezeichnen müssen.

Die Sonne strahlte in ihrer vollen Pracht. Der Himmel leuchtete azurblau und keine einzige Wolke war in Sicht. Ein lauwarmes Lüftchen wehte ihr um die Nase, während sie an dem von Bäumen gesäumten Spielplatz vorbeiging.

Der Weg war mit seinen feinen roten Kieselsteinen bestückt, so als wäre er ein Zeichen ihres Lebensweges, den sie gehen sollte.

Die Kronen der Linden, Eichen und Kastanien waren so dicht, dass sie ihr das Gefühl von Schutz gaben, nachdem sie sich gerade so dringend sehnte..

Ein Mädchen, etwa acht Jahre alt schätzte sie, saß mit ihren langen, blonden, geflochtenen Zöpfen und ihrem kleinen Brüderchen im Sandkasten und zeigte dem kleinen Buben, wie er mit einer Schaufel, einem Eimer und dem Sand eine Burg bauen konnte. Dazu zwitscherten die Vögel ihr fröhliches Lied und Annalena hatte endlich seit langem einmal wieder das Gefühl all die Sorgen der letzten Zeit von sich abstreifen zu können.

Sie ging den Weg weiter und blieb bei den Kindern stehen, um sie freundlich zu grüßen. Erst jetzt bemerkte sie, dass beide für die heutigen Temperaturen viel zu warme Kleidung trugen.

Trotzdem lächelte Annalena freundlich und wünschte ihnen einen guten Tag. Der kleine Junge mit seinen leuchtenden und großen Augen sah sie mit einem verschmitzten Lächeln an. Doch als das Mädchen den Mund öffnen wollte, um ebenfalls zu grüßen, erklang eine Stimme, die sie zurechtwies, dass die Kinder nicht mit fremden Leuten reden sollen.

Annalena drehte sich um und wollte etwas sagen. Doch da überkam sie das ungute Gefühl, dass jegliches Wort vergebens wäre und dass die Frau, die auf der dunkelbraunen hölzernen Bank ein paar Meter entfernt saß, die Herzlichkeit ihrerseits sowieso nicht verstehen würde. Die dunklen Ringe unter den Augen der Frau ließen Annalena bereits vermuten, dass diese alles andere als freiwillig mit den Kindern auf dem Spielplatz ihre Zeit verbrachte. Sie sah eher danach aussah, als ob sie etwas Schlaf bräuchte.

Annalena wurde somit wieder einmal aus dem flüchtigen Moment der Vollkommenheit herausgerissen und auf den Boden der Tatsachen zurückgeworfen.

Die Stadt, in der sie lebte, war genau wie jede andere in der sie bereits gewohnt hatte. Häuser wurden ab und zu soweit in Stand gesetzt, dass der Schein nach Außen hin bewahrt werden konnte und der Tourismus weiterhin das Überleben aller Einwohner in einer bestimmten Art und Weise absichern konnte. Doch die Menschen suchten entweder nach Arbeit oder konnten sich bei einem völlig unterbezahlten Job vor Arbeit kaum retten. Die Welt schien Annalena aus dem Gleichgewicht geraten zu sein und die Menschen wirkten krank, unzufrieden und hilflos.

In ihren Gedanken ging Annalena weiter und versuchte sich ein wenig abzulenken, um zu Kräften zu kommen. Die Arbeit als Krankschwester beanspruchte sie über die Jahre so sehr, dass sie vor zwei Jahren begonnen hatte sich nach einer neuen Ausbildung umzusehen und entschloss sich in diese Stadt zu ziehen, um ihr Abitur nachzuholen. Gott sei Dank war sie finanziell, wenn es auch manchmal etwas knapp war, gut abgesichert und mit ihrem Nebenjob beim Theater konnte sie sich ab und an etwas dazuverdienen.

In letzter Zeit hatte Annalena immer wieder ähnliche Gedanken in ihrem Kopf, die sich wie ein nicht enden wollender Kreislauf miteinander verbanden.

Die Menschheit, so dachte Annalena, schien im Zeitalter der Aufklärung oder des Mittelalters stecken geblieben zu sein. Bis in das einundzwanzigste Jahrhundert hinein hatte sich schließlich am Verhalten der Menschen miteinander nicht viel geändert. Außer, dass der Tatsache, dass sich die Menschen heute noch weniger zu kennen scheinen.

Jeder kämpfte um sein Leben. Genau wie damals war das Ziel der Unabhängigkeit sehr groß, aber es wurde nicht daraufhin gearbeitet, sondern die Menschen resignierten.

Wie oft hatte Annalena das Gespräch im Krankenhaus mit Patienten gesucht und versucht ihnen Mut zu machen, an Wünsche zu glauben und Träume zu verwirklichen? Doch jedes Wort schien gegen eine Mauer zu stoßen und dabei war es egal wie alt der Patient war, den sie betreute und ob dieser wegen einer Fraktur oder einem Tumor im Krankenhaus lag.

Es war zu schwierig, dachte sie, die Menschen an ihre Vernunft zu erinnern. Dass jeder seinen Verstand nutzen konnte und es doch auf so viele verschiedene Arten Möglichkeiten gab, das eigene Leben vielseitig zu gestalten. Davon wollte niemand mehr etwas wissen. Da konnte Annalena mit Herzlichkeit, Liebe, Verständnis und Fürsorge reden. Es half alles nichts. Die Menschen um sie herum haben ihre Worte nicht einmal angehört, stattdessen wurde sie immer wieder mit der Meinung konfrontiert, man könne an seinem Leben sowieso nichts ändern.

Bei diesem Gedanken kam in Annalena die Wut auf. Wie kann man nur so etwas von seinem Leben behaupten? Der Mensch ist doch ein Wesen, das lebenslang lernen kann. Wie kann man sein Leben allein mit solchen Gedanken wegwerfen? Sie konnte das einfach nicht begreifen.

Sie wusste, was es heißt krank zu sein und vielleicht konnte sie die Menschen, die ihr Leben auf diese Weise wegwarfen nicht verstehen, weil sie sich dazu entschied mit Gottes Hilfe nach vorn zu gehen.

Sei Annalena ihren Arbeitsplatz verlassen hatte, traf sie eine Hiobsbotschaft nach der anderen.

Als sie in der Schule förmlich zusammenbrach und mit dem Krankenwagen in ein Krankenhaus gebracht wurde, wurde ihr gesagt, dass sie nur ein wenig Blutdruckprobleme hätte, die allem Anschein nach durch den Stress zustande kamen. Doch dabei sollte es nicht bleiben. Denn seit diesem Ereignis jagte ein Zusammenbruch den nächsten und die Arztkonsultationen nahmen einfach kein Ende. Annalena wurde förmlich einmal auseinander genommen und wieder zusammengefügt. Von ein paar Blutuntersuchungen, über Röntgenaufnahmen bis hin zu Kontrastmitteluntersuchung sowie Knochenmarksbiopsien und Lumbalpunktionen hatte sie alles durch, was die Ärzte nur hätten machen können, bis sie nach ewigem hin und her immer wieder neue Diagnosen vermuteten und sie zu weiteren Spezialisten geschickt wurde.

Erst sollte es ein Nierentumor sein, dann eine genetisch vererbte Erkrankung aus ihrer Familie und dann fanden sie heraus, das all diese Vermutungen nicht stimmten. Die ganzen zwei Jahre, seit sie nun wieder in die Schule ging, hatte sie sich mit den Weißkitteln herumgeschlagen. Bis sie endlich erfuhr, was sie wirklich hatte und damit lernte umzugehen. Die besondere Form der Leukämie, die sie hatte, machte es ihr zwar nicht leicht, aber sie fand immer wieder den Mut jeden Tag die Augen zu öffnen und in den Tag hinein zu leben. Im innersten hoffte sie, dass Gott genau wusste, was er mit ihr machte und ihr damit antat und sie konnte sich nur wieder einmal vor Augen führen, dass Gottes Wege eben unergründlich sind.

Doch die Zeit, in der sie einfach nur vor Wut und Enttäuschung Gott gegenüber trotzte, hatte sie noch gut in Erinnerung. Damals fühlte sie sich alleingelassen und konnte sich nur Wünschen einem Menschen zu begegnen, der sie wieder aufbaute und ihr die bunte Vielfalt des Lebens zeigte und sie wieder dafür offen wurde. Denn mit den ganzen Einschränkungen in ihrem Leben, die ihr von den Ärzten aufgebürdet wurden, konnte sie nicht umgehen. In ihren Augen war sie ein Mensch mit Tatendrang. Annalena konnte sich nicht daran erinnern, dass es jemals eine Zeit gab, in der sie nicht tausend Dinge auf einmal gemacht hatte und ihr Leben dafür liebte. Doch all das hatte sich geändert.

Als sie nach einer ganzen Weile den Spielplatz hinter sich gelassen hatte, kam Annalena an einen Park. Er war so prachtvoll und vielfältig von der Einzigartigkeit der Natur geprägt, dass sie es beinah für ein Wunder hielt, dass diese Stadt solch einen Schatz in sich barg. Sie ging einen schmalen Pfad entlang, der rechts und links von mit Moos bewachsenen Steinen abgegrenzt wurde. Durch das dichte Blätterdach der Bäume drangen einzelne Strahlen hindurch und brachten kleine Blumen und den Rosenbusch zu ihrer linken Seite zum leuchten. Der Schatten und die kühle Luft in diesem Park waren nach dem langen Weg durch die Stadt doch sehr angenehm.

Um sich noch ein wenig auszuruhen, gönnte sich Annalena eine Pause und setzte sich auf eine Bank, direkt an einem großen Teich. Darin befand sich, wie eine Art Insel, auf der eine Trauerweide hoch gewachsen stand und mit tief hängenden Ästen das Wasser berührte. „Passend zur

Stimmung der heutigen Gesellschaft", war ihr erster Gedanke, der ihr bei dem Anblick dieses Baumes kam.

Mittlerweile bemerkte sie, wie schwierig es für sie war, zu akzeptieren, dass sie ihren Traum nicht erfüllen konnte. Sie wollte die Welt verändern und den Menschen zeigen, dass man gemeinsam glücklich sein konnte, aber irgendwie schien jegliche Mühe vergebens. Doch zum Glück hatte sie jetzt erst einmal Ferien.

Dass sie noch einmal die Schulbank drücken würde, hätte sie nicht gedacht, aber sie musste irgendwie eine Möglichkeit finden etwas an ihrem Leben zu ändern. Der ewige Schichtdienst, die vielen Überstunden und das Leid gekoppelt mit der Unzufriedenheit ihre Patienten und Vorgesetzten konnte und wollte Annalena nicht mehr ertragen. Aber diese Zeiten waren nun endgültig vorbei.

Nach einer Weile setzte sie sich an den Rand des Teiches und ließ ihre vom laufen heiß gewordenen Füße ins Wasser baumeln. Was für eine Wohltat war das nur?

Seit sie endlich einmal den Schulstress von sich abfallen lassen konnte und sie das Gebäude ihrer Bildung nicht mehr betreten musste, merkte Annalena erst einmal, wie erschöpft sie war, aber das Jahr hatte sich gelohnt. Sie gehörte zu denjenigen in ihrer Klasse, die das Schuljahr bestanden hatten und das zu ihrem Erstaunen mit einem Durchschnitt, der sich durchaus sehen lassen konnte.

Allerdings war sie sich nicht ganz sicher, was sie mit dem Abschluss der allgemeinen Hochschulreife später einmal anfangen wollte. Die Arbeit als Lehrerin und der Umgang mit Kindern hatte sie schon immer gereizt, aber das letzte Praktikum in einer Grundschule zeigte ihr, dass die Arbeit mit den Kindern nicht das Problem der Lehrer war, sondern wohl eher der Umgang der Kollegen untereinander und das dazu vorgesehene Bildungssystem für die Schüler.

Auch ihre Freunde hatten den Entschluss gefasst, dass jeder seinen eigenen Weg gehen wollte und so saß sie nun völlig allein hier in diesem   Park. Es war ihr noch immer schleierhaft, wie es dazu kommen konnte, dass sie in einer Stadt mit sechsunddreißigtausend Einwohnern lebte, ohne dass sie irgendjemanden wirklich kennen und als Freund bezeichnen konnte.

Früher, als sie in einer bedeutend kleineren Stadt wohnte, die eigentlich nur so groß wie ein Dorf war, dachte sie, dass sich die Menschen dort wenig kannten, weil die Entfernung der einzelnen Ortschaften von einander zu groß waren, aber in einer solch mittelgroßen Stadt war das wohl eher nicht der ausschlaggebende Punkt. Es würde wohl dabei bleiben, dass das Misstrauen in jedem Einzelnen soweit gewachsen war, dass niemand mehr jemanden vertrauen konnte.

Das ist auch eigentlich kein Wunder, wenn Annalena sich daran erinnerte, wie oft sie etwas von sich preisgegeben hatte und ihre die eigenen Worte letztendlich im Munde umgedreht worden waren, um gegen sie verwendet zu werden.

Wer auf dieser Welt die Wahrheit sagte, das wusste Annalena, dem wurde sowieso nicht geglaubt.

Allmählich spürte Annalena wie die Kälte des Wassers ihre Füße und Beine durchfloss und sie sich in der Lage fühlte den Heimweg anzutreten. Noch immer war sie entsetzt, dass all diese Gedanken sich so häufig, schon fast täglich, in ihrem Kopf ausbreiteten.

Eigentlich hatte sie sich nicht als einen solch pessimistischen Menschen in Erinnerung. Sie stand immer für die Nächstenliebe, die Hoffnung und die Zuversicht ein, aber auch sie schien irgendwie aus dem Gleichgewicht geraten zu sein und daran musste sie etwas ändern. Morgen würde sie schließlich wieder eine Darstellerin auf der Bühne des Theaters sein und sie genoss die Zeit, die es ihr bot in eine andere Rolle zu schlüpfen und singen zu dürfen. Doch jetzt musste sie erst einmal nach Hause, bevor es dunkel werden würde. Es war an der Zeit, dass sie sich mal so richtig ausschlafen sollte.

2.

Als Annalena am nächsten Ferienmorgen aufwachte und auf die Uhr sah, war sie ganz erschrocken. Die Uhr zeigte ihr an, dass es bereits halb elf war. Noch gestern Abend war sie sich ganz sicher gewesen, dass sie sich keinen Wecker stellen müsste, da sie sowieso immer zeitig wach geworden war, aber heute war das anders. Jetzt musste sie sich aber beeilen, um pünktlich zur Theateraufführung zu erscheinen. Schnell sprang sie auf. Schüttelte kurz ihr Bett auf und lief ins Bad. Zum Glück war ihre Wohnung nicht allzu groß.

Sie sah in den Spiegel und entschloss sich nicht auf ihr verschlafenes Gesicht zu achten, putzte sich ihre Zähne und sprang noch schnell unter die Dusche. Der Tag zeigte ihr, dass es wieder sehr heiß werden würde, da die Temperatur in ihrer Wohnung zur Südseite schon jetzt eine beachtliche Höhe von sechsundzwanzig Grad am Thermometer anzeigte. Danach hatte sie sich noch schnell einen Franzosenzopf geflochten. Denn mit offenen Haaren und bei ihren vielen Locken würde es wohl doch zu warm unter dem Kostüm werden. Dann noch schnell das grüne Kleid übergezogen und Schuhe an. Obwohl; heute könnte sie wohl auch ohne Schuhe gehen.

Sie schnappte sich den Schlüssel und ging barfuß zum Theater. Dass dies die Leute auf der Straße wieder einmal nur mit einem Kopfschütteln zur Kenntnis nahmen, interessierte sie heute absolut nicht. Sie musste sich schließlich beeilen.

Die Aufführung lief reibungslos und im Applaus der Zuschauer wusste Annalena, dass sich das viele Üben gelohnt hatte, auch wenn ihr ihre Nachbarn dabei manchmal etwas Leid taten. Die Trennung einer großen Wohnung in zwei Singlewohnungen, lediglich durch eine dünne Wand getrennt, war wohl nicht unbedingt die beste Lösung, wenn jemand nebenan wohnte, der ein wenig künstlerisch veranlagt ist. Wie oft hatte Annalena an einem Samstag bis zu vier Stunden ihre Lieder geprobt bis sie endlich zufrieden oder so erschöpft war, dass sie sich eine Pause genehmigen konnte?

Neben der Schule war es gar nicht so leicht etwas Zeit zu finden, damit sie ihren eigenen Ansprüchen von schulischen Leistungen und gesanglicher Entwicklung gerecht werden konnte, aber irgendwie hatte es doch geklappt und darauf war sie stolz.

Noch applaudierte das Publikum und die Darsteller kamen bereits zum dritten Mal auf die Bühne. Es schienden Leuten gefallen zu haben und auch wenn Annalena nun doch etwas außer Atem war, so genoss sie diesen Moment.

Als sich das Theater leerte und sie sich in dem Umkleideraum umzog, kam Luisa zu ihr und fragte sie, ob sie nicht Lust hätte auf einen kleinen Drink mitzukommen. Ein paar Darsteller wollten die gelungene Premiere etwas feiern. Das war Annalena ganz recht, denn sie hatte noch nichts vor und wieder alleine in ihrer Wohnung vor sich hinzugrübeln, war ihr langsam lästig geworden. Somit sagte sie zu.

Luisa und Annalena betraten das kleine Restaurant und es sah auf den ersten Blick doch sehr gemütlich aus. Das indische Flair und die warmen Farben von gelben Wänden und roten Sofas, die einzelne Sitzecken bildeten, gefielen ihr sehr. Irgendwie hatte diese Atmosphäre etwas heimliches und warmes.

Luisa führte Annalena in einen Nebenraum der bedeutend kleiner war. Allerdings waren auch hier ebenfalls Sitzecken und auf den Tischen lagen Spiele, die dazu einluden länger zu bleiben. Doch als sie den Raum betraten, kam Annalena eine ungewöhnlich süß riechende Duftwolke entgegen. Sie war sich nicht ganz sicher, ob es wohl eher der Geruch von Erdbeere oder Kirsche war.

Vor ihr saßen bereits die anderen Darsteller, die sie allerdings noch nicht wirklich kannte. Denn sie war erst seit drei Monaten im Theater tätig. Doch als ihr ein junger Mann eine Schischah anbot, wurde ihr klar, woher der Duft kam.

Auf dem Tisch standen drei verschiedene und jede mit einer anderen Geschmacksrichtung. Die Darsteller unterhielten sich angeregt und Luisa stellte Annalena jedem einzeln vor.

Die Runde bestand aus zwei Opernsängerinnen. Die eine hieß Mona und die ältere von beiden nannte sich Karin. Daneben saßen Robin und Jens. Wie Annalena auch bald erfuhr, ging es darum, wie schlecht das Theater momentan gefüllt war und dass immer weniger Zuschauer Geld hatten, um sich einen Theaterbesuch leisten zu können.

Annalena hörte nur zu und sprach vorerst kein Wort. Erst als Robin sie ansprach und sie fragte welchen Standpunkt sie zu dieser Thematik vertrete, sagte sie ihre Gedanken dazu. Dass die wirtschaftliche Situation jeden traf und doch sollten sie froh darüber sein, dass sie mit ihrem Beruf so viel verdienten, um leben zu können und dabei noch ihre Kreativität ausleben durften. Denn Beruf hieß in ihren Augen eigentlich auch Berufung und hatte mit der Bezeichnung Job nichts zu tun, auch wenn dies viele behaupten mochten.

Robin war ganz angetan von dieser Argumentation und auch die anderen hörten gespannt zu. Denn, wer ahnte auch schon, dass aus einer solch jungen Frau von etwa Mitte zwanzig Jahren so viel Reife sprechen würde?

Nachdem Annalena ihren letzten Satz beendet hatte, wechselten sie das Thema und unterhielten sich in kleinen Gruppen. Nur Robin wollte sich wegsetzten und bot Luisa seinen Platz neben Jens an. Schließlich waren die beiden ein Paar und er wollte sie nicht getrennt voneinander sitzen lassen, jetzt wo Jens endlich nach einem Jahr aus England zurückgekommen war und seine Luisa in die Arme schließen konnte. Und so setzte sich Robin neben Annalena.

Der Abend war noch sehr angenehm gewesen. Annalena konnte sich gut mit Robin unterhalten und musste herzlich lachen. Er lud sie noch zu einer Theaterabschlussfeier der letzten Spielsaison ein und sie verabredeten sich für den nächsten Abend.

3.

Um sieben Uhr wartete Annalena am Busbahnhof. Genau wie es mit Robin ausgemacht war. Sie hatte extra ihr lila Abendkleid angezogen. Es war knielang und hatte einen lockeren Schnitt, der durch einen dunklen Unterrock und einen transparenten helleren Überrock zur Geltung kam. Mit den etwas breiteren Trägern und dem glänzend dunkellila Band, verziert mit den ovalen Steinen unter der Brust, konnte sie die beiden Enden des Bandes am Rücken zu einer elegant hängenden Schleife binden. Ihre Haare hatte sie extra gewaschen und so geföhnt, dass ihre blonden Locken Korkenziehern ähnelten.

Sie wollte nicht zu elegant ausgehen, aber sie hatte an dem vergangenen Abend das Gefühl, dass sich das erste Mal ein Mann wirklich für sie interessierte. Robin hatte einen schwarzen Schopf und rehbraune Augen, die mit der sommerlich gebräunten Haut, Annalena magisch anzogen. Die ganze Nacht hatte sie von ihm geträumt und wünschte sich jetzt nur noch, dass er sie nicht sitzen lassen würde. Denn das hatte sie von Männern mit solch casanovaartigem Aussehen schon oft gehört. Sie war sich auch nicht sicher, warum sich ein solcher Mann für sie interessieren könnte. Schließlich hatte sie nicht die sonst so beliebten üblichen Maße von neunzig, sechzig, neunzig. Ganz im Gegenteil, sie fühlte sich oft viel zu fraulich für ihr Alter, aber anscheinend war es genau das, was Robin an ihr so faszinierend fand.

Im gleichen Moment, als sie sich dessen bewusst wurde, kam Robin um die Ecke gesprintet, weil er bereits fünf Minuten zu spät dran war. Dass sich ein Mann für sein zu spät kommen entschuldigte, war Annalena allerdings neu. Er bot ihr seinen Arm an und gemeinsam gingen sie zum Bus, wo schon die restlichen Theaterdarsteller warteten.

Sie stiegen in den Reisebus mit seinen hellblauen Sitzen und den hellgelben Kopfstützen ein und setzten sich ganz hinten nebeneinander. Annalena saß mit dem Blick zum Fenster und beobachtete die vorbeiziehende Landschaft. Sie wusste nicht, wohin es gehen sollte. Doch schon nach wenigen Minuten hatte sie eine ungefähre Ahnung. Zumindest wurde ihr klar, dass sie die an der Stadt liegende Ländergrenze überquerten und in ein anderes Land fuhren. Das vorbeiziehende Schild zeigte ihr, dass die Reise nach Polen ging.

Mit Erstaunen stellte sie bei der Beobachtung der Leute aus Polen fest, dass diese nicht besonders auf die Restaurierung ihrer Städte achteten, sondern eher für die Menschlichkeit einstanden. Denn auf den Rasenflächen standen nicht, wie die ihr sonst so bekannten Schilder, die deutlich machten, dass das Spielen für Kinder auf den Rasenflächen zwischen den einzelnen Häusern verboten war.

Die Fahrt führte durch grenznahe Städte und anschließend über kleine Straßen, die man in ihrem Land niemals als Hauptstraßen bezeichnet hätte, durch abgelegene Dörfer und an Wäldern vorbei. Die Klimaanlage im Bus machte ihr die

Reise angenehm. Doch Annalena spürte in sich trotz allem eine Wärme aufkommen, die sie sich nicht erklären konnte. Sie vernahm allmählich eine warme große Hand ihren linken Oberschenkel streicheln und zu allem Überfluss ließ sie sich das auch noch gefallen, wobei sie sonst die Männer sofort für eine solche Annäherung geohrfeigt hätte. Aber heute war ihr alles egal, denn in Robins Nähe fühlte sie sich wohl, auch wenn sie das mit dem Verstand nicht erklären konnte. Seine Berührungen waren zärtlich und nicht besitzergreifend. Sie lehnte sich an seine rechte Schulter und behielt den Blick immer noch in Richtung Fenster.

Nach etwa einer Stunde Fahrt durchfuhr der Bus eine Allee und ein Tor mit der Auffahrt zu einem Schloss. Annalena war überwältigt. Es war ein Schloss von ungewöhnlich großem Ausmaß, wie sie für sich feststellte. Robin führte sie an einen Tisch, an dem neben einigen Gästen, die sie nicht kannte, auch Jens mit Luisa sowie Mona und Karin saßen.

Die Blicke der anderen konnte Annalena nur schwer ignorieren. Doch sie verstand die verschiedenen Ausdrücke, die in den Gesichtern geschrieben waren, vorerst nicht. Ein Mann, der aussah, als wäre er der Organisator, hielt eine Rede und erklärte den Darstellern und Mitarbeitern, dass das Theater mit einem weiteren kooperieren werde und demnächst zusammenarbeiten würde, um die schwierige Zeit der wirtschaftlichen Krise besser zu überstehen und damit keiner seine Arbeitsstelle einbüßen müsste. Danach wünschte er allen einen angenehmen Abend und ein schönes

Beisammensein, um die letzte Spielzeit feierlich ausklingen zu lassen. Der Applaus kam aus allen Richtungen und das Büffet wurde eröffnet. Manche stürzten sich sogar noch um diese Uhrzeit auf Kaffe und Kuchen, andere wiederum nahmen sich von den warmen Speisen. Wie Annalena herausfand, hätte sie gar kein Geld mitnehmen müssen, denn Getränke wie auch Speisen gingen auf die Kosten des Hauses.

Annalena hatte noch nie Menschen gesehen, die wie ausgehungerte Wölfe auf das Essen stürzten. Ihr war das unerklärlich vorgekommen und wie viel Gratisbier an diesem Abend über den Tresen ging, mochte sie nicht einmal schätzen. Es war eben wie immer, wenn es etwas umsonst gab. Da wurde alles übertrieben. Eigentlich war das wahrlich ein Armutszeugnis für die eigene Nationalität.

Noch während Annalena überlegte, setzte sich Robin an ihre Seite auf die Bank. Die Sonne schien ihnen in den Rücken und Annalena war ganz froh, dass sie nicht auf den Plätzen von Jens und Luisa saßen. Die Sonne im Gesicht zu haben, war nun wirklich etwas, was Annalena nicht leiden konnte. Robin brachte ihr einen frisch gepressten Grapefruitsaft mit und sich selbst ein Bier. Dazu noch einen Teller mit frisch gebratenem Gemüse wie Zucchini, ein paar Pilzen und Paprika. Das war genau das Richtige, was Annalena heute zum Abendbrot brauchte. Woher wusste er das bloß? Das mochte letztendlich auch egal sein. Beide aßen sie von einer Gabel und genossen die Unterhaltung mit den anderen Gästen. Doch viel zu erzählen gab es nicht. Die meisten waren noch sehr geschafft von der letzten Aufführung. Nur Robin schien es gut zu gehen. Nach dem Essen flüsterte er ihr ins Ohr unbedingt noch einen Spaziergang mit ihr machen zu wollen. Sie gingen durch den Hof des Schlosses, ein paar Steintreppen hinab, bis sie auf einem Pfad stießen, der durch das Schlossgelände führte. Eine ganze Stunde waren sie beide unterwegs, vorbei an kleinen Wiesen und Teichen und verschiedenen Gärten. Es kam ihr vor, als wäre sie in einem Märchen und sie durfte die Prinzessin sein.

An einem Turm machte Robin halt und führte sie hinein. Annalena fragte ihn, ob nicht ob abgeschlossen sei. Doch Robin winkte ab und zog einen Schlüssel aus seiner Tasche. Woher er ihn hatte, wusste sie nicht. Langsam stieg sie die steinernen Wendeltreppen hinauf, die mit brennenden Fackeln an der Wand beleuchtet waren. Ein unheimliches Gefühl durchfuhr Annalenas Körper und hinterließ eine Gänsehaut an ihren Armen. Robin schloss hinter ihnen die Tür wieder ab. Er meinte nur, dass er jetzt nicht gestört werden wollte, wenn sie einmal zusammen sein könnten.

Ganz oben angekommen stieß Annalena an eine hölzerne Tür, die mit einem eisernen Scharnier beim Öffnen quietschte. Sie trat ein und konnte es kaum glauben. In diesem Turm war ein Zimmer mit einem Himmelbett, etwa aus der Zeit des Mittealters. Annalena wusste nicht, was sie sagen sollte und Robin schien es zu bemerken. Er küsste sie im Kerzenschein und führte sie auf das mit rotem Satin frisch bezogene Bett.

Er küsste sie erst auf den Mund, über den Nacken, an den Oberarmen entlang und langsam zog er sie aus. Annalena war so überwältigt, dass sie gar nicht wusste, was mit ihr geschah. Nur eines wusste sie ganz genau, dass sie ihn gewähren lassen würde. Sie knöpfte dabei sein weißes Hemd auf und seine dreiviertel lange Jeans bis sie unter ihm lag und er sie mit seinen Küssen am ganzen Körper übersäte.

Das Verlangen nach ihm wuchs in Annalena mit jedem Kuss und letztendlich wusste sie ganz genau, was jetzt auf sie zukam. Er drang mit aller Zärtlichkeit in sie ein und mit einem kleinen Aufschrei wusste sie, dass jetzt der Punkt gekommen war, an dem sie all ihre Leidenschaft, die sie sich bis zu diesem Zeitpunkt aufgehoben hatte, ausleben konnte. Sie liebten sich mit voller Leidenschaft und keiner von beiden wusste wie lange sie sich in diesem Turm befanden.

Noch einer ganzen Weile lagen sie umschlungen nebeneinander und genossen die gegenseitige Nähe bis Annalena einfiel, wo sie sich überhaupt befand. Sie schlug Robin vor den Turm wieder hinabzusteigen und zu den anderen zu gehen. Die anderen würden sich bestimmt schon Sorgen machen. Sie beugte sich noch einmal über ihn, lächelte und gab ihm einen Kuss. Ganz verängstigt gestand Annelana ihm, dass sie ihn liebte.

Sie zogen sich an, löschten die Kerzen und stiegen die Treppen hinab. Als sie vor der verschlossen Tür standen, küssten Robin sie noch einmal, bevor er aufschloss und sagte ihr, dass er sie ebenfalls liebte.

Jetzt wusste Annalena, dass sie endlich jemanden gefunden hatte, mit dem sie zusammen sein konnte. Er schloss die große schwere Tür auf und sie traten hinaus. Sofort bemerkte Annalena, dass es sich um ein paar Grad abgekühlt hatte und empfand das doch sehr angenehm, nachdem sie sich innerlich so erhitzt fühlte.

Sie gingen zurück zu der Gesellschaft der Feier. Um den Weg zu finden, brauchten sie dabei nur den Stimmen aus der Ferne zu folgen.

An einem Balkon, der mit Rasen bedeckt war, sahen die Frauen am steinernen Geländer nach unten und jubelten den Männern zu, die sich mit Holzscheiten rechts und links jeweils ein Tor aufgebaut hatten und Fußball spielten. Robin sah Annalena an und sie wusste genau, was er wollte. Sie nickte und er stieg hinab, um ebenfalls mit Fußball zu spielen.

Nach einer Weile, als die Männer keine Stimmung der Frauen mehr brauchten, weil sie sich selbst genug in Rage gespielt hatten, nahm Luisa Annalena zur Seite und bat sie um einen Spaziergang. Annalena stimmte zu und sie gingen durch den Park. Allmählich ging die Sonne unter und die Lampen am Rand des Weges beleuchteten die große Parkanlage des Schlosses.

Luisa erkundigte sich bei Annalena, ob es ihr gut ging und Annalena konnte diese Frage nur mit ja beantworten, was Luisa völlig verwirrte. Sie empfahl Annalena sich von Robin fern zu halten. Er würde mit den Frauen nur Affären durchleben und sie täglich wie seine Unterwäsche wechseln.

Annalena wusste nicht genau, was sie von dieser Information halten sollte, nachdem sie sich mit Robin im Turm geliebt hatte. Luisa berichtete ihr, dass er zwar Dirigent war, aber nicht wirklich an festen Beziehungen interessiert sei.

Annalena konnte das nicht glauben und winkte ab. Luisa sah ihr besorgt ins Gesicht und es dauerte nicht lange bis sie begriff, was geschehen war, als sie und Robin für längere Zeit nicht auffindbar waren. Doch auch Luisa gestand Annalena, dass sie bisher nicht erlebt hatte, dass Robin so zärtlich zu einer Frau, wie zu Annalena, gewesen sei.

Annalena fühlte sich geehrt und allmählich wurde ihr kalt, sodass sie Luisa darum bat umzukehren. Beide liefen im Lampenschein den Weg entlang und kamen in den Schlosshof, wo sich die Männer nach dem anstrengenden Spiel ein Bier gönnten. Das Lagerfeuer, das von Bänken umringt einen hellen Schein in den Gesichtern hinterließ, bot Annalena genau den richtigen Platz, um sich aufzuwärmen.

In Blickrichtung zu einer kleinen Terrasse saß sie neben Robin und sah zu, wie die polnischen Gastgeber eine kleine Tanzfläche mit discoähnlichem Flair aufbauten.

Nachdem die Nacht über die Welt hereinbrach, tanzten die anderen zu entsprechender Discomusik mit viel Techno. Doch umso später es wurde, desto weniger Leute saßen noch am Lagerfeuer und mit später werdender Stunde wurde auch die Musik ruhiger und sanfter, sodass Robin Annalena zum Tanzen aufforderte und sie sich eng umschlungen im Takt der Musik bewegten und Annalena alles um sich herum vergaß.

Erst gegen eine frühe Morgenstunde hatte der feste Kern, der noch geblieben war, beschlossen, den letzten Bus zu nehmen, um nach Hause zu fahren.

Die Männer löschten mit Eimern voll Wasser das Feuer, der Tresen war bereits abgeräumt und Arm in Arm ging Annalena mit Robin zum Bus; wie in einem Traum.

Auf der Heimfahrt saßen beide wieder nebeneinander. Annelena wieder am Fenster und an die rechte Schulter von Robin gelehnt bis sie in seinem Arm einschlief.

Als sie angekommen waren, weckte er sie mit einem sanften Kuss auf die Nasespitze und mit verschlafenem Blick fragte Annalena ihn, ob sie schon da seien. Er führte sie in ihrem Halbschlaf zu seinem Auto und anschließend in seine Wohnung, wo er sie in seinem Bett zudeckte und weiterschlafen ließ. Es gefiel ihm ihre kindlich entspannten Gesichtszüge im Schlaf zu beobachten. Und so verbrachten sie die nächsten Wochenenden ihrer freien Zeit zusammen

4.

Annalena schlief erneut wieder bei Robin. Doch am nächsten Morgen wachte sie mit krampfartigen Bauchschmerzen auf und rannte ins Bad, wo sie sich übergeben musste. Sie wusste weder wo sie war, noch warum ihr so schlecht war. Als Robin die Geräusche hörte, folgte er ihr ins Bad und strich ihr eine Haarsträhne aus dem Gesicht. Er sah besorgt aus und Annalena war kreidebleich. Sie konnte sich kaum auf den Beinen halten und kniete vor der Toilette nieder bis es nichts mehr gab, was ihr Körper hätte herausbringen können.

Robin half ihr auf und führte sie wieder ins Bett. Doch kaum hatte sie sich wieder hingelegt, überkam sie dasselbe Gefühl wieder und wieder. Robin entschloss sich in seiner Hilflosigkeit sie ins Krankenhaus zu bringen, denn am Wochenende hatte kein Hausarzt seine Praxis geöffnet.

Annalena wusste nicht, was mit ihr geschah, als sie von Robin ins Auto gesetzt wurde und sie erst wieder aufwachte, als sie auf einer Trage durch Gänge geschoben wurde, die ihr nur allzu bekannt vorkamen. Sie wusste, dass die grell leuchtenden Lampen, die über ihrem Gesicht hinwegrasten, das Licht des Krankenhauses waren. Neben ihr lief Robin, im selben Eilschritt wie die Krankenpfleger. Erst als sie durch eine Tür geschoben wurde, blieb Robin stehen und sah ihr nach. Sie wollte ihn rufen, ihm die Hand reichen, aber sie hatte keine Kraft. Sie fiel in einen tiefen Schlaf und hörte die Stimmen von Ärzten und Pflegern um sie herum nur noch aus der Ferne, bis sie endgültig verschwanden und ihr die Augen vor lauter Erschöpfung zufielen.

Robin saß währenddessen vor der Tür und machte sich Sorgen, wie nie zuvor in seinem Leben. Das erste Mal in seinem Leben hatte er sich endlich verliebt und fühlte eine Anziehung zu Annalena, wie er es noch nie bei einer Frau empfand.

Er erinnerte sich an seine erste Begegnung mit ihr beim Sommertheater. Sie hatten Probe und es war so kalt, dass sie in Kniestrümpfen und Fließjacke kam. Trotzdem lächelte Annalena selbst bei diesem schlechten Wetter, wo es doch mitten im Mai so eiskalt und grau war.

Er sah damals ihre Unbeholfenheit und wusste, dass Annalena bis dato keine Erfahrung mit dem Theater gemacht hatte. Doch zu seinem Erstaunen fügte sie sich schnell ein und bei einer Gesangsprobe des Chores bemerkte er ihre herausragende Stimme; im Gegensatz zu manch anderem Laienmusiker.

Annalena stand mit einer Selbstverständlichkeit auf der Bühne und lebte vollkommen ihr Rolle, wie Robin es bisher von keinem Anfänger kannte. Sie hatte etwas, dass ihn anzog. Irgendwie wirkte Annalena, als wisse sie, was sie vom Leben wollte und sie hatte so etwas selbstbewusstes, dass weder naiv noch überheblich wirkte. Diese Frau, und das wusste Robin, war etwas ganz besonderes und er schwor sich, dass er keine Affären mehr haben wollte, sondern nur noch diese Annalena.

Wie viele Wochen und Monate er um ihre Aufmerksamkeit buhlte, war ihm nicht mehr im Gedächtnis geblieben. Nur der letzte Abend im Turm und der Schrecken heute Morgen fügten ihm eine Angst zu, die sich ähnlich des Verlustes anfühlte, die er hatte, als er aus Spanien mit seiner Familie ausgewandert war und beide Elternteile verlor. Damals war er ein kleiner Junge, der mit seinen Eltern in einer Wohnung lebte bis zwei Polizisten und eine Frau kamen und ihn von seiner Familie trennten.

Robin wurde damals in ein Heim gebracht, indem er noch acht Jahre seiner Kindheit mit weniger guten Erinnerungen verbringen musste. Doch davon wusste weder Analena noch jemand anderes etwas. Denn jetzt war er Dirigent, ein Künstler und verdiente sein eigenes Geld. Seine Sorge galt jetzt nur noch Annalena, die er nicht verlieren wollte. Er nahm sein Handy aus der Hosentasche und wählte die Nummer seines Zweitdirigenten des philharmonischen Orchesters und bat ihn um seine Vertretung bei der heutigen Aufführung. Sein Kollege wirkte etwas verwirrt. Bisher hatte Robin noch nie eine Veranstaltung abgesagt. Doch er bemerkte die Dringlichkeit in Robins Stimme, sodass er versprach für ihn die Vertretung zu übernehmen.

Erleichtert, wenigstens das regeln zu können, legte Robin das Handy zur Seite. Im selben Moment kam eine Schwester, vielleicht gerade einmal neunzehn Jahre alt, mit roten Haaren, die zu einem Zopf gebunden waren, aus der Tür, die ihm den Zutritt mit einem Schild in roten Buchstaben zu Annalena verwehrte. Sie erklärte ihm, dass es Annalena den Umständen entsprechend gut ginge. Allerdings solle er sich nicht erschrecken, wenn er sie für einen kurzen Moment sehen könnte. Annalena lege auf der Intensivstation. Allerdings nur als Vorsichtsmaßnahme und bräuchte viel Ruhe.

Er bat die Schwester ihn zu ihr zu führen.

Unbeholfen ging Robin durch die Tür mit der Aufschrift „Zutritt für Unbefugte verboten !" und bekam einen grünen Umhang und einen Mundschutz, die er anziehen sollte. Er hatte Angst. Noch nie war er auf einer solchen Station gewesen. Das einzige Mal, als er im Krankenhaus war, hatte er sich als kleiner Junge beim Fußballspielen das Bein gebrochen. Eine andere Schwester führte Robin zu einer Schiebetür aus Glas, sodass Annalena zu jeder Zeit beobachtete werden konnte.

Ihm war unwohl bei diesem Anblick und es überkam ihn ein schauerliches Gefühl mit Gänsehaut. Da lag sie nun mit ihrem blonden lockigen Schopf, die Augen geschlossen. An ihrem rechten Arm führte ein Schlauch zu einem Beutel, der an einem Ständer hing. Er vermutete, dass das eine Infusion war. An ihrem Hals hing ebenfalls ein Schlauch, der allerdings in ein ziehharmonisch gefaltetes Gefäß führte und etwas mit Blut gefüllt war. Der Arzt, der neben ihm stand, hatte Robin erst nach einer ganzen Weile bemerkt. Er erklärte Robin, dass Annalena bereits bekannt im Krankenhaus war. Sie hätte mehrer Bluterkrankungen, wie der Arzt ihm zu verstehen gab, als Robin mit einem Stirnrunzeln vor ihm saß und versuchte den Fachbegriffen einen Sinn entnehmen zu können. Der Arzt versuchte Robin zu erklären, dass Annalena einen Kreislaufzusammenbruch hatte, weil ihre Medikamente, die sie gegen Leukämie zur Vorbeugung einer Chemotherapie einnahm, nicht mehr in ihrer Zusammenstellung die Wirkung erzielten, die sie gebraucht hätte. Die Nebenwirkungen von Erbrechen wären normal bei dieser Dosis, die sie bekam und es war dem Arzt sowieso schon ein Rätsel, warum sich die Nebenwirkungen bei ihr erst jetzt zeigten. Schlimmer war eher, dass sich durch ihren zu hohen Blutdruck die rechte Halsschlagader verengte und mit einem Standimplantat erweitert werden musste. Dadurch, dass Annalena eine Menge Blut verloren hatte, hatte man ihr diesen Schlauch an den Hals gesetzt, damit das restliche Sekret ablaufen konnte.

Robin war geschockt. All das hatte er nicht gewusst. Er sah immer nur diese starke Frau im Theater und sie ließ sich nicht anmerken, dass sie so sehr krank war.

Er fasste ihre Hand und spürte, wie ihm die Tränen über die Wangen rannen. Da legte ihm der Arzt seine Hand auf die Schulter und sagte ihm, dass es aber auch eine Nachricht gebe, die einerseits erfreulich sei und andrerseits sehr zu Bedenken gebe. Annalena sei schwanger.

Robin war übermannt von Gefühlen der Trauer, der Hoffnung und der Liebe. Er wusste nicht, wann ihn welches Gefühl durchströmte. Doch er wusste jetzt umso mehr, dass er diese Frau liebte und für sie sterben würde. In diesem Moment schlug Annalena die Augen auf und wollte etwas sagen. Da legte Robin ihr seinen Zeigefinger auf den Mund und küsste sie. Er flüsterte ihr leise zu, dass alles gut werde würde und sie schwanger sei. Doch zu seinem Erstaunen antwortete sie nur mit den Worten „Ich weiß!"

5.

Was Annalena empfand, als sie ihre Augen aufschlug und Robins mit Tränen überströmtes Gesicht sah, konnte sie nicht genau sagen. Die Berührung seiner Lippen auf ihren hinterließ ein ruhiges Gefühl in ihrem Körper, auch wenn Robin dabei vor Angst und Sorge zitterte.

Dass sie schwanger war, wurde ihr schon klar, als sie mit Robin in dem Turm geschlafen hatte. Sie wusste, dass diese Situation, in der sie sich befand, überstehen würde, denn der größte Wunsch in ihrem Leben hatte sich erfüllt und würde ihr die notwendige Kraft geben, die sie brauchte.

Robin wollte über Nacht bei ihr bleiben. Doch der Pfleger des Nachtdienstes schickte ihn nach Hause. Annalena, wollte ebenfalls, dass Robin sich ausruhte, denn ihr war klar, was er mit ihr erlebt hatte und sie wusste ganz genau, dass er jetzt genauso schlafen müsse, wie sie. Beide brauchten sie dringend Ruhe. Annalena fasste Robins Hand und führte sie auf ihren Bauch. Er verstand, was sie ihm damit sagen wollte. Sie beide hatten sich gefunden und würden gemeinsam eine Familie gründen.

Es rührte Robin so sehr und Annalena wusste von nun an, dass sie ihm nichts mehr erklären müsste, was ihre Krankheit betraf. Er hatte es an diesem Tag selbst herausgefunden.

Noch eine Woche durfte Annalena sich nicht viel bewegen und sie hatte auch noch nicht die Kraft dazu, aber sie wusste, dass jeden Tag ein Stück mehr davon zu ihr zurückkehren würde. Nun galt es erst recht wieder gesund zu werden, wo sie doch ein Kind erwartete.

Robin hatte in der Zwischenzeit immer wieder bei ihr am Bett gesessen. Meistens hatte sie ihn erst bemerkt, als sie aus dem Schlaf erwachte. Annalena wusste auch dann oft nicht, wie lange er schon bei ihr saß und ihre Hand hielt. Doch sie bat ihn darum, weiterhin arbeiten zu gehen und sich abzulenken. Sie würde es schaffen bald wieder fit zu sein. Robin wusste nicht, was er davon halten sollte, aber er tat, was sie sagte. Ihm war es ein Rätsel, woher sie die Kraft nahm, die für sie beide reichte.

Im Theater waren die anderen Darsteller geschockt von der Nachricht über Annalenas Zustand und halfen Robin, wo sie nur konnten, damit er regelmäßig eher gehen konnte und weniger zu arbeiten hatte, um bei seiner Annalena zu sein. Wie die anderen damit umgingen, wusste er nicht, aber er konnte sich auch schlecht vorstellen, dass sie nur annähernd das nachempfinden konnten, was sie beide durchlebten.

Manchmal dachte Robin sogar, dass er der schwächste Mann auf der Welt sei. Er konnte Annalena nicht die Kraft geben, die sie verdient hätte. Stattdessen schien Annalena das auch zu spüren und nahm ihn in die Arme und flüsterte ihm ins Ohr, dass sie ihn liebe und das alles gut werden würde. Sie, die krank war und der es galt Unterstützung zu geben, hielt ihn im Arm.

Robin machte sich solche Vorwürfe. Jeden Tag kam er mit frisch gewaschener Wäsche, die Annalena durch ihre Fieberschübe, die im Lauf der nächsten Tage bald verschwanden, oft wechseln musste.

Sie wurde auf eine andere Station verlegt und Annalena war froh endlich einmal wieder aus dem Fenster sehen zu können. Sie ließ es weit öffnen, um frische Luft einzuatmen. Das fehlte ihr auf der Intensivstation am meisten.

6.

Robin kam an einem Samstag wie gewohnt auf die Intensivstation. Als er das leere Bett sah, brach er in Tränen aus. Eine Schwester bemerkte ihn und beruhigt sagte sie ihm, dass Annalena auf eine andere Station verlegt worden sei. Ihr Fieber hätte sich gelegt und es bestand keine Gefahr mehr für sie.

Robin war nicht ganz sicher, ob er die Schwester richtig verstanden hatte und fragte noch einmal nach.

Annalena lag also auf der Station zwölf im Zimmer fünfzehn. Er erkundigte sich bei dem Portier und ging in die dritte Etage durch die Station neun bis er auf eine Glastür stieß, die die Aufschrift „Station 12" trug.

Er stellte sich einem jungen Pfleger vor, der anscheinend im Spätdienst war und klopfte an der Tür von Annalenas Zimmer. Im Gegensatz zur Intensivstation hatte diese Tür keine Glasscheibe und er hörte ein leises herein. Ganz vorsichtig trat er ein und sah, dass der Schlauch am Hals von Annalena entfernt worden war und nur noch ein Verband diese Stelle bedeckte. Doch noch immer sah sie bleich aus. Er nahm sich einen Stuhl, setzte sich neben sie und gab ihr einen vorsichtigen aber intensiven Kuss. Annalena sah mit ihren müden Augen in sein Gesicht und doch hatte sie etwas in ihrem Blick, dass nach Hoffnung und Zufriedenheit aussah. Er räumte ihre frisch gewaschene Wäsche in den Schrank und packte die verbrauchte wieder in die Tasche.

Annalena beobachtete ihn dabei. Robin sah unbeholfen aus und er hatte nichts mehr an sich, was ihn wie einen Macho aussehen ließ. Im Gegenteil, Robin wirkte allmählich nicht mehr wie ein Teenanger, sondern eher wie ein Mann, der Verantwortung übernommen hatte.

Als er sich wieder neben sie setzte, kam der Pfleger mit einem höflichen Anklopfen auf das Bitten von Annalena herein. Er brachte das Abendbrot. Wie immer gab es eine Suppe und etwas Brot mit Käse. Doch auch heute hatte Annalena wieder keinen Hunger. Robin sah, wie der Pfleger das Tablett abstellte, ein freundliches „Guten Appetit" wünschte und wieder verschwand. Doch Annalena machte keine Anstalten etwas davon zu essen. In der letzten Zeit bemerkte Robin längst, dass sie sehr abgenommen hatte und sah ihr in die Augen. Er war froh, dass sie vor dem Krankenhausaufenthalt nicht so dünn war, wie die anderen Frauen, die er zuvor hatte, sonst würde sie jetzt noch mehr zu kämpfen haben. Trotz allem konnte er es nicht akzeptieren, dass Annalena nichts essen wollte und bat sie wenigstens ein wenig zu sich zu nehmen und an ihr Kind zu denken. Das war auch der passende Übergang, um Annalena endlich sein Vorhaben zu erklären.

Sie aß etwas von dem Brot und Robin erzählte ihr, dass er eine Wohnung gefunden hatte, die für sie beide und das Kind groß genug sei. Annalena hörte sofort auf zu essen und brach in Tränen aus. Er versuchte sie zu beruhigen, doch er wusste nicht wie. Annalena erklärte ihm, dass sie nur vor Freude weinte und küsste ihn.

Robin ging am nächsten Tag ins Theater zur Arbeit und erklärte seinen Kollegen, dass er vorhatte mit Annalena zusammenzuziehen und Hilfe bräuchte. Schließlich musste er zwei Wohnung ausräumen und alles in der neuen Wohnung verstauen. Zu seinem Erstaunen waren alle fleißig dabei und nur das Kistenpacken hatte er sich selbst als Aufgabe gestellt. Er wollte nicht, dass fremde Leute in ihren Privatsachen herumschnüffelten und schon jetzt hatte er die Ahnung, dass er in Annalenas Wohnung auf viele Informationen stoßen würde, die ihm viel abverlangen könnten.

7.

Annalena befand sich nun schon einen ganzen Monat in diesem Krankenhaus. Die neuen Medikamente halfen ihr, dass sie sich allmählich besser fühlte. Noch immer konnte sie es nicht fassen, dass sie schon in sieben Monaten ein Kind bekommen würde. Es war ihr auch egal, ob es ein Junge oder ein Mädchen werden würde. Sie liebte es schon jetzt von ganzem Herzen.

Am nächsten Tag war Chefvisite und das bedeutete, dass der Chefarzt, die Oberärztin und ein Facharzt sowie die Stationsschwester in ihrem kleinen Patientenzimmer um ihr Bett standen. Alle kamen sie wie im Entengang nacheinander hereingelaufen und grüßten sie mit einem gezwungenen Lächeln. Allmählich schien sie jeder mit Namen zu kennen und der Chefarzt erklärte ihr, dass sich ihre Blutwerte nicht weiter verschlechtert hatten und es danach aussah, dass sie keine Chemotherapie bräuchte solange regelmäßige Aderlässe bei ihr die Werte weiterhin stabilisieren könnten. Das hieß für Annalena, dass sie alle zwei Wochen zu ihrer Hämatologin gehen müsste. Es würde ihr etwa ein halber Liter Blut abgenommen und durch eine Kochsalzlösung ersetzt werden. Das war eine Therapie, die zwar nicht angenehm war, aber die Annalena ganz gut verkraften und damit leben konnte. Doch noch immer sah der Chefarzt mit angestrengtem Blick auf sie hinab. Annalena wurde unwohl bei diesem Blick und sie fragte ihn, ob er ihr sonst noch etwas zu berichten hätte. Der Arzt erklärte ihr, dass Annalena sich überlegen sollte, das Kind abzutreiben. Noch wäre es nicht zu spät. Die Schwangerschaft wäre in seinen Augen eine zu große Gefahr für sie und ihr Kind. Annalena wusste nicht, was sie vor Entsetzten dem Arzt entgegnen sollte. Sie wurde laut und verlor jegliche Ruhe, die sie in letzter Zeit in sich verspürte und schrie aus volle Kehle, was sich dieser Mensch einbilde und ob er überhaupt eine Ahnung davon hätte, was das für sie bedeuten würde. Die Schwester und die anderen Ärzte versuchten Annalena zu beruhigen. Doch es gelang ihnen nicht. Sie versuchten Annalena zu erklären, dass sie sich nicht so sehr aufregen dürfe. Doch im gleichen Augenblick ging die Tür auf und der Chefarzt begriff, dass diese Frau vor ihm Recht hatte und er sich eingestehen musste, dass er keine Ahnung davon hatte, was diese Frau in ihrem Kampf, um das Leben von sich und ihrem Kind durchmachte.

8.

Robin hatte sich für heute Frei genommen und bestand darauf Annalena schon am Vormittag zu besuchen. Er betrat, wie gewohnt die Station zwölf und grüßte freundlich die Schwester am Empfang. Heute hatte er gute Laune und sprühte förmlich vor Energie. Denn er würde Annalena an diesem Tag einen Heiratsantrag machen. Noch am frühen Morgen ging er zu einem Juwelier und ließ sich beraten, aber keines der Modelle gefiel ihm. Da entdeckte er einen Laden, in dem vieles aus dem Mittelalter verkauft wurde und wie er erfuhr, gab es in diesem Geschäft auch eine Gold- und Silberschmiedin, die ihre individuellen Arbeiten verkaufte. In einer Glasvitrine sah er ein Paar silberne Ringe, die mit einem schmalen goldenen Blättermuster in der Mitte ringsherum durchzogen waren. Robin wusste genau, dass es diese Ringe sein sollten und kaufte sie zu einem Preis, den er absolut untertrieben für diese exzellente Anfertigung empfand. Er ließ den Ring für Annalena in ein rotes Samtkästchen einpacken und jetzt ging er voller Stolz und dem Geschenk seines Lebens in der Hosentasche durch die Station.

Doch irgendetwas war nicht in Ordnung. Aus einem Zimmer klang eine hysterische Stimme, die sich nach Verzweiflung und nach dem Ausdruck der letzten Ehre anhörte. Robin wusste sofort, dass es seine Annalena war, die da schrie. Er rannte durch den Gang und riss die Tür auf. Als er hereinstürmte, sah er ,wie der Chefarzt das Schauspiel aus der Distanz betrachtete und eine Schwester mit einer Ärztin versuchte seine Annalena zur Vernunft zu bringen. Seine Annalena, dachte er. Es war seine Annalena, die da um Hilfe flehte und die ihr keiner gab. Er ging zwischen die Schwester und die Ärztin und nahm Annalena in die Arme. Sie weinte. Sie weinte und schluchzte in seinen Armen und zitterte am ganzen Leib. Noch nie im Leben hatte er seine starke Frau so hilflos und aufgelöst erlebt. Als sie sich beruhigte und die Pflegekräfte und Ärzte bereits den Raum verlassen wollten, reagierte Robin aufgebracht. Schließlich hat niemand das Recht seine Annalena in einen solchen Zustand zu versetzten. Er sprach den Chefarzt an und bat ihn darum zu erklären, was der Auslöser dieser Situation gewesen war. Der Arzt erklärte ihm, dass er der Patientin lediglich geraten hätte, dass Kind, um ihrer Gesundheit Willen abzutreiben.

Erst jetzt verstand Robin, warum Annalena so aufgelöst war. Wie oft hatte er schließlich an ihrem Bett gesessen und wie oft hatten ihre Augen geglänzt, wenn sie von ihre Zukunft und dem Kind sprachen? Es erschien ihm der einzige Antrieb zu sein, damit Annalena wieder gesund werden würde. Mit ernstem Ton bat er alle samt den Raum zu verlassen und nicht eher wieder hereinzukommen bis einer von beiden danach verlangen würde oder sie klingelten.

Immer noch bebte Annalenas Körper in seinen Armen und er wusste, dass es noch eine ganze Weile dauern würde bis sie sich beruhigte.

Der Nachmittag verging wie im Fluge. Annalena sagte kein Wort. Auch essen oder trinken wollte sie nichts. Sie wollte nur in Robins Armen liegen und aus dem Fenster schauen. Immer wieder brach Annalena in Tränen aus und erst als es draußen dunkel wurde und die Nacht hereinbrach, schlief sie langsam ein.

Er legte sie auf ihr Kopfkissen, küsste sie noch einmal auf die Stirn, deckte sie zu und löschte das Licht. Erst jetzt schien sie ein wenig entspannter und er verließ auf Zehenspitzen das Zimmer.

Als Robin am Tresen der Schwestern vorbeikam, erkundigte er sich danach, ob der Arzt oder der Chefarzt noch zu sprechen seien und er hatte Glück. Der Facharzt von heute Morgen hatte Nachtschicht und nahm sich Zeit für ihn. Er bat Robin darum in sein Zimmer einzutreten, dass mit einer Liege, einem Schreibtisch mit Computer und einem Stuhl versehen war. Um eine kleine Ecke stand ein Sofa mit einem kleinen Tisch, an dem sie platznehmen konnten. Robin wusste nicht genau, wie er das Gespräch anfangen sollte und entschloss sich einfach von der Seele heraus zu reden. Er erklärte dem Arzt, wie er Annalena kennen gelernt hatte und dass sie eine starke Frau sei. Der Arzt bestätigte dies und gab zu, dass niemand der Ärzteschaft überhaupt geglaubt hätte, dass sie sich so gut schlagen würde und es keiner Verstand, dass sie sich absolut nicht von ihren Erkrankungen beeindrucken ließ.

Robin versuchte den jungen Arzt, der seiner Meinung nach absolut keine Ahnung von seiner Patientin hatte, zu erklären, dass dieser Schein trüge. Robin habe beschlossen mit Annalena zusammenzuziehen und stieß dabei auf ältere ärztliche Unterlagen von seiner zukünftigen Frau. Sie war bereits in fünf verschiedenen Kliniken und in jeder wurde ihr gesagt, dass sie nicht wissen, wie sie ihr helfen könnten. Sie wurde aufgrund ihrer Menschlichkeit, wenn sie Gefühle zeigte, sofort zu Psychologen geschickt, bei denen sie sich für ihre Natürlichkeit rechtfertigen musste. Robin fragte den Arzt, ob er überhaupt annähernd nachvollziehen könne, was das für eine Demütigung sei. Doch dieser beantworte dies nur mit einem Kopfschütteln, das Robin ein deutliches Nein signalisierte. Doch Robin sprach weiter und der Arzt unterbrach ihn nicht. Er hörte nur zu.

Annalena sei eine Frau, sagte Robin, die wisse, was es heißt zu leben und die ebenso gut wüsste, was es heißt zu sterben. Sie hatte genug Menschen gesehen, die vor ihr von dieser Erde gegangen waren. Diese Frau wusste, was sie wollte und sie würde immer kämpfen, bis zum bitteren Ende. Doch das Kind, das sie in sich trug, war in diesem Moment der Antrieb dafür, dass sie überhaupt kämpfte. Sie hatte laut ärztlichen Befunden einen Herzinfarkt hinter sich und einen Schlaganfall und er erinnerte den Arzt daran, dass Annalena erst Mitte zwanzig war und wenn er dieser Frau immer noch ein Kind ausreden wolle, dann wisse er nicht, was er noch hinzufügen sollte. Denn wenn eine Frau in diesem Zustand ein Kind gebären konnte, dann war es seine Annalena. Mit diesem Satz beendete Robin seinen Monolog, bedankte sich und wünschte noch eine

Gute Nacht bevor er das Zimmer und das Klinikum endgültig verließ

9.

Annalena sprach während den nächsten Tagen kein Wort, weder mit dem Krankenhauspersonal noch mit Robin. Es tat ihr weh, dass ihr der Chefarzt davon abriet ihr Kind zu behalten. Es war doch ihr einziger Wunsch, den sie zurzeit in sich trug und den sie sich sehnlichst erfüllen wollte.

Jede Minute sah sie aus dem Fenster und versank in ihren Träumen, als eine Schwester mit ein paar kleinen Kindern vorbeilief. Die Kinderstation war genau eine Etage unter ihr.

Die Ärzte waren ratlos und wollten Annalena schon zu einem Psychologen schicken. Allerdings riet der junge Facharzt seinen Kollegen, nachdem Robin mit ihm gesprochen hatte, davon ab. Es würde seiner Meinung nach alles nur noch schlimmer machen. Stattdessen empfahl eine Ärztin ihren männlichen Kollegen eine Ultraschalluntersuchung von einer Gynäkologin des Hauses durchführen zu lassen, um Annalena ihr Kind zu zeigen. Sie veranlassten diese Untersuchung und hofften dadurch auf eine Besserung des Zustandes dieser Frau. Denn allmählich hatten sie bei den Kontrolluntersuchungen festgestellt, dass die Psyche einen sehr großen Einfluss auf die Genesung ihrer Patientin hatte. Die Blutwerte hatten sich in letzter Zeit gegen alle Erwartungen nicht verbessert, sondern eher verschlechtert und Annalena streikte. Sie aß weder ausreichend, noch nahm sie genug Flüssigkeit zu sich.

Es klopfte an Annalenas Tür und wieder einmal stand die gesamte Mannschaft versammelt um ihr Bett.

Es war en Dienstag und Chefvisite. Was wollte sie schon erwarten, außer den üblichen Reden der Ärzteschaft?

Zu ihrer Überraschung war der Chefarzt heute allerdings nicht dabei, sondern seine Vertretung. Anscheinend hatte er ihre Abneigung ihm gegenüber bemerkt.

Die junge Frau, die vor ihr stand, schien sich noch nicht allzu sehr von dem Alltag des Klinikums beeindrucken zu lassen. Das sah Annalena ihr schon an dem fürsorglich, herzlichen Blick ihrer Augen an. Die Ärztin erklärte Annalena, dass sie heute eine Ultraschalluntersuchung bei einer Gynäkologin hätte. Die Patientin stimmte zu und schon verschwand das ganze Team wieder. Kein Streit, keine Predigten, keine Aufregung, es tat gut kurze und knappe Informationen zu erhalten.

Um halb elf Uhr vormittags hatte sie ihren Untersuchungstermin und ging langsam und vorsichtig zum Fahrstuhl. Sie hatte es abgelehnt mit dem Rollstuhl gefahren zu werden. Sie fuhr eine Etage nach oben und ging durch zwei Durchgangsstationen bis sie auf der gynäkologischen Station angekommen war. Hier sah es angenehmer aus, als auf ihrer Station. Die Wände waren rosa gestrichen und der Fußbodenbelag hatte eine angenehme rote Farbe. Auf ihrer Station hingegen war alles blau und diese dunkle Farbe konnte einen nur pessimistisch machen. Wahrscheinlich hatte jede Station ihre eigene Farbe, damit man sich nicht verlaufen konnte. Ganz passable Idee wie Annalena empfand.

Am Tresen wurde sie von einer Frau mit stattlicher Figur, grauen Locken und einer Brille auf der Nase begrüßt. Es stellte sich heraus, dass diese Frau die Gynäkologin war und sie brachte Annalena zum Untersuchungszimmer. Dort legte sich Annalena auf eine Liege und das kalte Gel auf ihrem Bauch ließ sie kurz zusammenzucken. Die Gynäkologin versuchte mit Annalena ein Gespräch anzufangen, aber sie schwieg. Der Ultraschallkopf wanderte mit routinierter Bewegung über ihren Bauch und schon nach kurzer Zeit konnte Annalena auf dem Bildschirm ihr winziges Kind sehen, dass in ihr heranwuchs. Das erste Mal brach sie jetzt ihr Schweigen und vor lauter Rührung rannen ihr die Tränen übers Gesicht. Nun wusste sie, dass das ihr Kind war und sie es um keinen Preis hergeben wollte. Die Empfehlung der Ärzte für eine Abtreibung kam von nun an zu einhundert Prozent nicht für sie in Frage. Wie konnte sie nur an ihrem Gefühl zweifeln? Dieses winzige Ding in ihrem Körper war das beste, was ihr je passieren konnte.

Die Gynäkologin erklärte ihr, wo sich das Herz des Kleinen befand und gab bei später folgenden Untersuchungen Annalena kund, dass sie einen Jungen bekommen würde. Sie ließ sich alles erklären und lächelte das erste Mal seit langer Zeit und ihre Grübchen kamen rechts und links ihrer Mundwinkel wieder zur Geltung.

Nach der Untersuchung bedankte sich Annalena höflich und kehrte nicht gleich zur Station zurück, sondern ging an die frische Luft und setzte sich auf eine Bank an den Brunnen des

Klinikums, der ihr etwas kaltes Wasser ins Gesicht sprühte und in dem sie die schwimmenden Fische beobachten konnte. Sie genoss die Mischung aus der wärmenden Sonne und dem kühlen Nass auf ihrer Haut und schloss die Augen.

10.

Robin hatte es mit der Hilfe seiner Kollegen fast geschafft. Heute Abend würde er noch die Wände fertig streichen und morgen könnten sie die Möbel in die neue Wohnung bringen und wenn er sich beeilte, würde er sogar noch Ende dieser Woche mit dem gesamten Umzug fertig sein.

Er wollte die Wohnung so angenehm wie möglich gestalten und kaufte von seinem Geld neben den Möbeln, die sie beide aus ihren Wohnungen hatten, einen Schaukelstuhl und ein Aquarium, in das nur noch ein paar Fische hineinkommen sollten. Robin wusste, wie man Fische versorgte und das Aquarium dekorieren könnte, aber das wollte er sich als das I-Tüpfelchen aufheben. Die Feinheiten sollten zum Schluss kommen.

Als er am Vormittag bei Annalena im Krankenhaus war, sah sie erstaunlicherweise sehr glücklich aus und er traf sie auf der Bank am Brunnen, statt in ihrem Zimmer. Dass sie das ohne die Genehmigung des Pflegepersonals tat, wunderte ihn nicht. Dazu kannte er Annalena mittlerweile gut genug und konnte das Ganze nur belächeln. Sie saßen zusammen auf der Bank und Annalena berichtete ihm von der Untersuchung bei der Gynäkologin und dem Bild von ihrem Kind, das sie gesehen hatte. Sie zeigte ihm ein schwarz-weißes Bild auf dem ein winziges menschliches Wesen zu erkennen war. Annalena hat die Gynäkologin darum gebeten ihr ein Bild auszudrucken und trug es noch bei sich.

Robin war tief gerührt und glücklich Annalena wieder strahlen zu sehen. Sie war zwar noch etwas schwach auf den Beinen, aber er wusste, dass ab jetzt alles aufwärts gehen würde.

Noch immer hatte er das Geschenk seines Lebens bei jedem Besuch in seiner Hosentasche und heute erschien ihm der richtige Tag und der richtige Moment zu sein. Er kniete sich vor Annalena auf den kiesigen Weg und Annalena dachte nur daran, wie sie die weiße Hose, die er trug je wieder sauber bekommen sollte. Robin hob die Hände mit seinem samtroten Schächtelchen und bat Annalena um ihre Hand und fragte sie, ob sie seine Frau werden wolle. Die Klinikbesucher und Patienten drehten sich um und alle Blicke waren auf ihn und Annalena gerichtet. Sie half ihm auf und antwortete mit „Ja ich will."

Sie berührte sein Gesicht und küsste ihn. Jetzt wusste Robin, dass er den größten Schatz seines Lebens in den Armen hielt.

Noch während er an diese Begegnung dachte, tropfte etwas Farbe auf seine Malerhose. Er hatte es geschafft. Der letzte Strich wurde gesetzt und das babyblaue Kinderzimmer hatte genau die Farbe, die es haben sollte.

Am nächsten Tag, das beschloss er, würde er an den Wänden im Kinderzimmer noch eine Überraschung, als Verzierung anmalen.

11

Es war Samstag und Annalena wurde endlich aus dem Krankenhaus entlassen. Robin war gekommen gemeinsam mit Luisa und Jens. Sie halfen ihr das Gepäck zu tragen. Mit den Entlassungspapieren und einigen Empfehlungen der Ärzteschaft durfte sie endlich nach Hause, auch wenn sie nicht wusste, wie dies jetzt aussah.

Als sie durch die Stadt fuhren, erkannte Annalena, dass Robin eine Wohnung in der Altstadt fand und als sie vor der weinroten Haustür standen, verband er ihr die Augen. In weiser Voraussicht hatte er eine Wohnung in der ersten Etage gemietet. Schließlich wollte Robin Annalena nicht überlasten. Er führte sie an der Hand bis vor die Wohnungstür, schloss sie auf und ging mit ihr hinein. Er machte ihr die Augenbinde ab und Annalena stand in einem schmalen Flur mit hellgrünen Wänden, die mit bunten Blumen, wie eine Sommerwiese aussahen. Rechts stand ein kleines Schuhregal und links von ihr befand sich eine hängende Garderobe mit einem großen länglichen Spiegel. Sie ging weiter. Robin führte sie erst durch alle Zimmer auf der linken Seite. Sie stand in der Küche mit den dunkelbraunen Schränken, deren Türen weinrot bestrichen waren und glänzten, als wenn sie lackiert worden waren. Zwei Fenster brachten reichlich Licht in das Zimmer und in der Mitte stand ein Tisch mit vier Stühlen. Rechts in der Ecke stand eine Spüle mit eingebauter Spülmaschine. Auch an Pflanzen hatte ihr Schatz gedacht, die die Küche mit

Leben erfüllten. Das Bad war mit Muscheln und Kerzen verziert. Die Marmorfliesen waren am Fußboden und über der runden Badewanne, in die sie durch drei kleine Stufen hineinsteigen konnte. Das nächste Zimmer war das Kinderzimmer. Es hatte babyblaue Wände. Das Kinderbett stand mit einer Seite zur Wand und Annalena konnte eine Zeichnung von Comicfiguren erkennen, die Robin mit weißer Farbe an die Wand zeichnete. Die Decke über dem Bett hatte er hingegen mit etwas dunklerer Farbe gestrichen und mit Sternen und einem Mond bemalt. Neben dem Fenster stand eine Kommode mit einem Aquarium und einem Schaukelstuhl davor, sodass sie die Fische beobachten und gleichzeitig aus dem Fenster blicken konnte. Der Ausblick war wunderschön und sie konnte durch die Bäume direkt auf die zwei Turmspitzen ihrer Lieblingskirche schauen. Im anderen Bereich des Zimmers standen ein Schrank und eine Wickelkommode. Nur die Kleidung für das Kind wollte er Annalena überlassen. Denn er verstand nicht allzu viel von Babysachen.

Das Schlafzimmer war weinrot mit schwarz dekoriert. Auf dem Bett war weinrotes Bettzeug. Genau wie in dem Schlosssturm ihrer ersten richtigen Begegnung. Die Kerzen brannten ringsherum und ein Duft der Rosenblätter der Dekoration erfüllten sie mit vielen Erinnerungen. Es war schon dunkel geworden und mit dem Blick zum Fenster erkannte Annalena, dass ihr Zimmer zu einem Garten im Hof zeigte und sie niemand beobachten konnte.

Robin führte sie ins Bett und sie liebten sich mit derselben Leidenschaft, wie damals im Schlossturm.

12.

Annalena fand endlich heraus, was es bedeutete Glücksseligkeit empfinden zu dürfen, als sei erkannte, was für ein Mensch Robin war und welche Mühe er sich für sie beide gab. Noch am frühen Morgen musste er ins Theater und verabschiedete sich mit den Worten, dass sie sich schonen und den Tag genießen solle, bevor sie morgen wieder in die Schule gehen würde.

Das Schuljahr war bereits schon vier Wochen lang in vollem Gang und Annalena saß nun im Arbeitszimmer am Schreibtisch in ihrem schwarzen Lederstuhl und bereitete ihre Hefter und Unterlagen vor. Danach machte sie sich noch einen Tee und beschloss den Rat von Robin anzunehmen. Sie nahm ihre Tasse mit dem gut riechenden Kräutertee in die Hand und ging in den Hof, wo sie sich auf eine Bank in den Garten setzte. Es war schön hier zu wohnen und die Schule würde sie schon wieder aufholen.

Eine Lehrerin erklärte ihr schließlich einmal, dass man sein ganzes Leben lang lernen könne und die Gesundheit vorginge.

Dieses Schuljahr würde ihr Letztes sein. Dann würde Annalena ihre Abiturprüfung machen und im nächsten Sommer würde sie das Zeugnis der allgemeinen Hochschulreife in ihren Händen halten können.

Sie träumte noch eine ganze Weile vor sich hin und bereitete am späten Nachmittag noch ein schönes Abendbrot für Robin und sich vor. Für die Schule hatte sie schließlich alles erledigt. Als sie den Tisch fertig gedeckt hatte, klingelte das Telefon. Robin war dran. Er klang ziemlich genervt und versuchte Annalena schonend beizubringen, dass er heute wohl etwas später nach Hause kommen würde. Die Probe dauerte wohl länger als geplant. Als er auflegte entschloss sich Annalena dazu sich ins Kinderzimmer zu setzen und die Fische im Aquarium vom Schaukelstuhl aus zu betrachten.

13.

Robin ärgerte sich gerade enorm. Es war wieder einmal ein typischer Tag, den er auf Arbeit am liebsten verfluchen würde. Noch letzte Nacht liebte er sich mit Annalena und betrachtete sie schlafend im Kerzenschein. Es war ein warmer Abend und sie brauchten noch nicht einmal eine Decke, denn die Wärme ihrer beiden Körper, wenn sie sich aneinander schmiegten, war vollkommen ausreichend. Doch jetzt versuchte er die Theaterprobe so schnell wie möglich über die Bühne zu bekommen und nichts klappte. Das Orchester war nur zur Hälfte besetzt und auch bei den Darstellern sah es nicht besser aus. In der Pause ging er durch die Hintertür auf den Parkplatz um frische Luft zu schnappen und Annalena anzurufen. Es grämte ihn, ihr sagen zu müssen, dass er heute Abend später kommen müsse. Er wusste genau, dass die nächste Zeit für Annalena hart werden würde. Sie hatte vier Schulwochen verpasst und musste fast jede Woche zu ärztlichen Kontrolluntersuchungen. Er konnte nicht einmal erahnen, was sie durchmachen musste, aber sie hatte sich nie beschwert. Sie war eben eine Kämpferin. Robin zog das Handy aus seiner Hosentasche und wählte ihre Nummer. Als sie ans Telfon ging, klang sie nicht wirklich überrascht und nahm es erstaunlich gefasst auf, dass er heute Abend später kommen würde. Robin trank noch seinen Kaffee aus, den er sich von einem Kollegen aus der Bäckerei bringen ließ und versuchte die Nerven zu behalten.

Die Probe ging übermäßig lange. Erst um elf Uhr abends kam er zu Hause an und schloss die Wohnungstür auf. In der Küche nahm er sich ein Glas Wasser und sah, dass Annalena das Essen abgedeckt hatte, damit es nicht austrocknete bis er nach Hause kam. Es war sehr still und es brannte kein Licht. Er ging leise ins Bad, um zu duschen und schlich auf Zehenspitzen unter die Bettdecke.

Am nächsten Morgen klingelte um sechs Uhr morgens der Wecker. Annalena machte ihn aus und sah, dass Robin noch tief und fest neben ihr schlief. Sie ahnte, dass es gestern spät geworden sein musste. Sie machte sich fertig, nahm ihr Pausenbrot aus dem Kühlschrank und ging ins Arbeitszimmer, um es in ihren Rucksack zu packen. Schnell schrieb sie Robin noch einen Zettel und legte ihn auf den Küchentisch. Dann machte sie sich auf den Weg zur Schule.

Mit dem Linienbus konnte sie bis vor den Eingang der Schule fahren. Der Bus war übermäßig voll, warum sie das wunderte, wusste sie nicht. Denn eigentlich war sie es nicht anders gewohnt. Sie betrat den Altbau des Schulgebäudes und eine verbrauchte Luft kam ihr entgegen. Es waren eindeutig zu viele Schüler an dieser Schule, das war ihr klar. In ihrem Klassenzimmer sahen ihre Mitschüler sie verdutzt an, aber keiner stellte ihr irgendwelche Fragen und dafür war Annalena ihnen sehr dankbar. Sie hätte an diesem Tag auch nicht die Nerven gehabt ihren Mitschülern alles zu erzählen.

Auf dem Stundenplan stand als erstes eine Doppelstunde Französisch, danach Mathe und eine Doppelstunde Sport und zum Abschluss noch zwei Stunden Biologie. In Französisch war Annalena ganz erleichtert darüber, festzustellen, dass sie nicht allzu viel verpasst hatte. Es war eines ihrer Lieblingsfächer und deswegen arbeitete sie im vergangenen Schuljahr sehr hart, um diese Sprache ein wenig zu erlernen und hatte dadurch einen kleinen Vorsprung, der ihr jetzt ganz nützlich vorkam. In Mathe versuchte sie zurechtzukommen und im Sportunterricht hatte sie Gott sei Dank eine Pause, weil ihr ihre Hausärztin ein Attest schrieb, das für das komplette Jahr galt. Noch immer waren die Ärzte erstaunt, wie schnell sich Annalena erholte und wie gut ihr die Schwangerschaft bekam, da wollte kein Arzt ein Risiko eingehen und ihr noch eine Belastung im Sportunterricht zumuten. Ihre Lehrerin bemerkte schnell, dass in der vergangenen Zeit viel mit Annalena passiert sein musste und sie erkundigte sich noch nach dem Unterricht nach ihrem Befinden. Diese Lehrerin war eine der wenigen Personen, denen Annalena vertrauen konnte. In den letzten Jahren hatte sie ihr stets beigestanden, wenn sie Probleme hatte. So erzählte sie ihr kurz und knapp von ihrem Krankenhausaufenthalt und ihrer Schwangerschaft. Diese Lehrerin hörte sehr interessiert zu und was Annalena am meisten an ihr mochte, war, dass sie von ihr niemals für ihr Verhalten verurteilt worden war.

Nach Biologie ging Annalena nach Hause und machte sich einen Tee. Sie ging ins Kinderzimmer und fütterte die Fische.

Erst als Annalena sich setzte, wurde ihr bewusst, dass der Tag, trotz der wenigen Schulstunden für sie sehr anstrengend war. Nach dem Abendbrot machte sie noch ihre Selbststudiumsaufgaben. Sie erfuhr an diesem Tag, dass schon am Mittwoch eine Arbeit in Französisch zum Passé Composé anstand und weitere Vokabeln geprüft werden sollten. Sie legte sich nach einem Bad im Kerzenschein ins Bett, machte sich die kleine Nachttischlampe an und lernte bis ihr die Augen zufielen.

Robin kam wieder erst sehr spät nach Hause und langsam hatte er schon ein schlechtes Gewissen. Seit zwei Tagen hatte er Annalena nicht gesprochen und heute Abend wollte er wenigstens zum Essen pünktlich bei ihr sein, aber auch das schaffte er nicht. Als er am Abend vor der Haustür sein Auto parkte und noch im Hof stand, um tief durchzuatmen, sah er, dass im Schlafzimmer noch Licht brannte und freute sich, dass Annalena noch wach war. Er schloss die Wohnungstür auf und wollte mit seinen leisen Schritten Annalena überraschen. Langsam öffnete er die Schlafzimmertür und sah, dass sie über ihrem Schulbuch eingeschlafen war. Sie hatte wohl mal wieder zu viel gelernt und der Tag schien sehr anstrengend für sie gewesen zu sein. Er nahm ihr vorsichtig die Hand von dem Buch und deckte sie zu. Das Fenster war weit geöffnet und es begann zu regnen. Die Temperatur war schlagartig gesunken. Annalena atmete auf einmal tief ein und Robin spürte schon jetzt, dass es für Annalena nicht leicht werden würde mit den vielen Arztbesuchen, der Schwangerschaft und der Schule. Er beschloss sich am nächsten Tag, um eine Haushaltshilfe zu kümmern. Das konnte er Annalena schließlich nicht auch noch zumuten und noch verdiente er so viel Geld, dass sie es sich leisten konnten.

14.

Die Wochen und Monate vergingen. Annalena war froh im Haushalt eine Hilfe durch Liselotte gefunden zu haben, die sie sich leisten konnten. Liselotte war eine ältere Dame von ungefähr sechzig Jahren und war bereits Rentnerin. Sie hatte weder Kinder noch Enkel, obwohl sie sich sehnlichst welche wünschte. Doch als sie in jungen Jahren verlobt war, starb ihr Mann an einer Operation durch eine Blutvergiftung. Von dieser schmerzhaften Trennung konnte sie sich bis heute nur schwer erholen und kein anderer Mann hinterließ bei Liselotte das Gefühl noch einmal verliebt zu sein.

Annalena hatte viel gelernt und heute war Samstag. Sie hatte sich eine Pause gegönnt, um ein wenig Abstand von dem Schulstress zu gewinnen und auch die Ärzte rieten ihr etwas kürzer zu treten. Sie befand sich im sechsten Schwangerschaftsmonat und es waren nur noch vier Wochen vor Weihnachten. Robin hatte wie immer viel zu Arbeiten. Denn die Weihnachtskonzerte im Theater waren bereits seit Monaten ausverkauft. Das bedeutete einerseits ein sicheres Einkommen, doch andrerseits auch wenig gemeinsame Zeit für sie und ihn.

Annalena stand im Kinderzimmer ihres zukünftigen Sohnes und saß im Schaukelstuhl. Sie genoss es ein wenig vor sich hinzuträumen. Ein kleiner Fußtritt in ihrem Bauch ließ sie spüren, dass ihr Kind wach war und er es langsam immer enger in ihrem Inneren fand. Sie lächelte und streichelte sich ihren Bauch. Liselotte klopfte an die halb offen stehende Tür und brachte ihr einen warmen Kräutertee. Liselotte hatte ihn selbst zusammengestellt und die Kräuter im Sommer auf den Wiesen und Feldern gesammelt und getrocknet. Annalena wusste nicht, wie sie das alles schaffte. Diese Frau konnte wirklich fast alles. Kochen, Nähen, sie kannte sich mit Kräutern und Ernährung aus. Sie wusste wie man Wunden und körperliche Beschwerden linderte. Auch war sie eine gute Zuhörerin und Annalena war froh mit ihr über alles reden zu können. Das half ihr in den schweren Stunden, in denen sie Robin gern bei sich gehabt hätte.

Der Tee roch entspannend nach Kamille, Pfefferminz und Rosenblättern. Liselotte fragte Annalena, was sie gerade dachte. Sie setzten sich nebeneinander und Annalena erzählte ihr, dass sie sich Gedanken um den Namen des Kindes machte. Schließlich wusste sie, dass es ein Junge werden würde und sie fand nicht einmal eine ruhige Minute mit ihrem zukünftigen Ehemann, um sich gemeinsam zu beraten. Sie war immer der Meinung, dass sie sich beide darüber unterhalten sollten, aber Robin war jedes Mal so erschöpft, wenn er von der Arbeit kam, dass sie ihn nicht belasten wollte. Sie wusste wie wichtig es für ihn war seine Familie zu ernähren und sich in seinem Beruf ausleben zu können, auch wenn Annalena es manchmal leid war, dass ihm die Karriere oft vor die Familie ging. Doch beide hatten beschlossen im kommenden Jahr nach der Geburt des Kindes im Mai zu heiraten. Allerdings wusste das noch keiner aus ihrer Familie.

Liselotte sah sie fragend und ruhig an, als Annalena nach einer langen Pause endlich antwortete. Jonas sollte der kleine Bube heißen. Da bestand mittlerweile keine Frage mehr und Liselotte lächelte, als sie es als Erste erfuhr, wie das kleine Geschöpf, das bald auf die Welt kommen sollte, genannt werden würde.

Annalena trank ihren Tee und zündete eine Kerze an. Als Robin zum Abendbrot heute einmal pünktlich nach Hause kam, freute sie sich sehr. Es war langer her, dass sie gemeinsam essen konnten und Annalena hatte den Tisch mit Kerzen und Porzellangeschirr gedeckt. Liselotte half ihr eine Pilzsuppe vorzubereiten und einen Auflauf zu backen. Zum Nachtisch sollte es einen warmen Apfelstrudel mit Vanillesoße geben.

Robin war überglücklich, als er am Abend nach Hause kam und den schön gedeckten Tisch sah, auch wenn ihm heute eigentlich nur noch danach zu Mute war ins Bett zu gehen, aber er hatte auch ein schlechtes Gewissen, dass er Annalena schon so lange allein lassen musste. Wie er feststellte war Liselotte bereits gegangen und er wusste, dass er an diesem Abend mit seiner Geliebten allein sein konnte.

Annalena trug beim Essen ein weites weißes Kleid aus Baumwolle mit einem ebenfalls weißen Rollkragensweatshirt darunter. Sie sah in seinen Augen etwas überarbeitet aus, aber sie war immer noch die schönste Frau, die er je gesehen hatte und auch die Schwangerschaft stand ihr gut, wie er fand.

Gemeinsam aßen sie und redeten nicht viel. Es gefiel Robin, wie diese Frau es immer wieder schaffte ihn in einen Moment der Vollkommenheit zu bringen. Es gab nichts Schöneres für ihn, als nach getaner Arbeit in sein trautes Heim zu seiner Annalena zu kommen und schon bald würde ihn auch noch sein Sohn erwarten.

Nach dem Essen hatten sie sich entschlossen gemeinsam ein Bad im Kerzenschein und mit Rosenöl zu nehmen. Annalena genoss es endlich mit ihrem geliebten Robin einen gemeinsamen Abend zu verbringen. Das war in letzter Zeit viel zu selten vorgekommen. Als sie sich im Bett aneinander kuschelten, um die Wärme ihrer Körper zu spüren und Robin den Bauch von Annalena streichelte, erklärte sie ihm, dass sie das kommende Weihnachtsfest gerne bei ihren Eltern verbringen würde und sie bat ihn darum mitzukommen. Robin war sich nicht ganz sicher, ob er das wollte und außerdem musste er noch am vierundzwanzigsten Dezember das letzte Weihnachtskonzert dirigieren. Somit entschloss sich Annalena traurigen Herzens ohne ihn zu fahren. Sie hatte eine solche Sehnsucht nach ihrer Familie. Ihre Schwester, die im Westen von Deutschland wohnte, hatte sie bereits fast ein Jahr nicht mehr gesehen und wie lange es bei ihrer Großmutter her war, wusste sie schon gar nicht mehr.

An jedem heiligen Abend seit vielen Jahren trafen sie sich bei ihren Eltern, um gemeinsam Weihnachten zu feiern.

Der erste, zweite und der dritte Advent verging. Annalena hatte es geschafft ihr Schuljahr des ersten Abschnitts der Klassenstufe dreizehn erfolgreich zu beenden und Robin arbeitete immer noch fleißig. Liselotte war ihre einzige Gefährtin, die ihr in all der Zeit treu blieb und ihr Gesellschaft leistete. Annalena schätzte das sehr.

Viel von Schnee war bisher nicht zu sehen und Annalena zweifelte schon allmählich daran, ob es überhaupt eine weiße Weihnacht geben würde, aber bei ihren Eltern im Gebirge war das Wetter sowieso immer anders, als hier im Flachland. Sie legte die frisch gebügelte Wäsche zusammen und tat sie in den Schrank. Das in ihrem Haushalt gebügelt wurde, hatte sie nur der treuherzigen Liselotte zu verdanken, denn sie selbst hätte wohl nicht die Zeit und Lust dazu.

Eine knappe Woche später packte Annalena ihre Sachen in einen kleinen Koffer und fuhr am dreiundzwanzigsten Dezember mit dem Regionalexpress um halb fünf Uhr nachmittags zu ihren Eltern. Ihr standen etwa fünf Stunden Zugfahrt bevor. Genügend Zeit, um sich darüber im Klaren zu werden, warum sie zurzeit so unglücklich war. Ihr erster Halt zum Umsteigen war Dresden- Neustadt. Danach ging es nach Chemnitz und bis ins Erzgebirge. Am letzten Bahnhof würde sie ihr Vater abholen und sie noch mit dem Auto bis zu ihrem Elternhaus bringen.

Im Zug wurde es wieder einmal dunkel. Annalena setzte sich an einen Platz, der für vier Personen mit einem Tisch ausgerichtet war und nahm ein Buch zur Hand. Auf ihm stand

„Charles Dickens" mit dem Titel „Die Weihnachtsgeschichte".
Es war eines ihrer Lieblingsgeschichten zu dieser Zeit. Ganz in
ihr Buch versunken, bemerkte sie den Schaffner erst, als die
Tür ihres Abteils laut ins Schloss fiel und er bereits neben ihr
stand, um die Fahrkarte zu kontrollieren. Sie nahm ihre
Zugfahrkarte heraus, die in Sachsen, Sachsen- Anhalt und
Thüringen galt. Es war ein so genanntes Länderticket der Bahn
und die günstigste Möglichkeit zu ihren Eltern zu reisen, denn
selbst mit einer der üblichen Fahrkarten, die nicht nur in der
Regionalbahn galten, wäre sie nicht schneller gewesen. Eine
ICE- Strecke gab es in dieser entlegenen Gegend nämlich
nicht. Und sie hatte von klein auf gelernt, auch auf das Geld zu
achten, wenn es ihr finanziell gut ging.

Draußen war es bereits vollkommen duster und Annalena
beschloss nach dem letztmaligen Umsteigen ein wenig zu
schlafen. Sie stellte sich mit ihrem Handy den Wecker, damit
sie ihre Haltestelle nicht verpassen würde und steckte es in
ihre Hosentasche. Als es auf einmal an ihrem Oberschenkel
vibrierte und eine Musik erklang, bemerkte Annalena, dass sie
eingenickt war und nun bald bei ihren Eltern war. Sie hatte
noch zehn Minuten. Verschlafen zog sie sich an und wartete an
der Tür des Zuges bis dieser halten würde und sie aussteigen
konnte.

15

Robin verdammte sich für seine Antwort, die er Annalena gab, als sie ihn fragte, ob sie beide das kommende Weihnachtsfest mit ihrer Familie verbringen könnten. Er wusste, dass er einen großen Fehler begangen hatte. Jetzt war sie bereits weg und er saß allein zu Hause. Liselotte hatte Frei. Somit hatte Robin noch nicht einmal sie, um mit jemanden sprechen zu können. In seiner Verzweiflung rief er Jens an. Der war allerdings sehr beschäftigt. Denn er traf die Weihnachtsvorbereitungen mit seiner Luisa. Robin erklärte ihm, dass er ihn dringend sprechen müsse und so verabredeten sie sich in ihrem üblichen Lokal.

Robin saß an einem Tisch und hielt sich an einem Bier fest, indem er auf seinen besten Freund wartete. Am liebsten hätte er sich heute betrunken, genau wie früher, als er noch ein Teenager war und ihn zu mancher Zeit alles über den Kopf wuchs, aber er wusste, dass das nicht die richtige Lösung war. Aus dem Alter war er herausgewachsen. Jens ließ wirklich lange auf sich warten. Mit aller Seelenruhe betrat er das Lokal, hing seinen Mantel an die Garderobe und hielt nach Robin Ausschau. Er bestellte sich ebenfalls ein Bier und entschuldigte sich bei seinem Freund für die Verspätung.

Robin erklärte Jens, dass er Annalena nicht zu ihren Eltern begleitet hatte und das gemeinsame Beisammensein mit ihrer Familie abgelehnt hatte. In Jens Gesicht stand die Empörung geschrieben, die sich Robin erhofft hatte nicht zu Gesicht zu sehen zu bekommen. Jens war entsetzt und erklärte seinem Freund, dass er das nicht auf diese Weise stehen lassen konnte. Robin sollte doch bedenken, dass sie gemeinsam ein Kind erwarteten und heiraten wollten. Jetzt, nachdem er schon in den vergangenen Monaten Annalena sich selbst überlassen hatte, beging er nun einen großen und fatalen Fehler.

Jens versuchte ihm zu erklären, dass seine Luisa schön längst alles hingeworfen hätte, wenn er sich so aufführen würde und dass Robin ein riesen Glück hatte, dass Annalena eine so verständnisvolle Frau war.

Eigentlich hatte Robin das alles selbst schon gewusst, doch er wusste nicht, was er nun tun sollte. Jens zeigte ihm die einzige Möglichkeit auf, die ihm blieb, wenn er Beruf und Familie unter einen Hut bekommen wollte. Er schlug vor, dass er morgen Abend sein Konzert dirigieren sollte und danach schnurstracks mit dem Auto zu Annalena fahren musste, wenn er es überhaupt rechtzeitig bis dorthin schaffen würde.

Robin fand diese Idee sehr gut und allmählich bekam er das Gefühl, dass noch nicht alles verloren war. Vielleicht konnte er auf diese Weise doch noch alles zum Guten wenden. Auch wenn er absolut keine Ahnung hatte, welchen Eindruck er dabei bei Annalenas Eltern und ihrer Familie hinterlassen würde, aber er musste über seinen Schatten springen, um seiner Beziehung und um seiner zukünftigen Familie wegen. Jetzt durfte ihm bloß kein Fehler mehr unterlaufen und er musste die Zeit über Weihnachten und Silvester endlich mit Annalena verbringen, wenn er schon einmal Frei hatte.

Am Abend ging Robin ins Bett, fest entschlossen am nächsten Tag zu Annalena zu fahren und fiel in einen tiefen, aber aufwühlenden Schlaf. Er träumte, dass ihn Annalena nicht sehen wollte und ihn vor der Tür stehen ließ, als er bei ihrem Elternhaus ankam. Dass sie ihn verlassen würde und er niemals etwas von seinem Sohn erfuhr, als er geboren wurde. Mit Schweißperlen auf der Stirn stand er, nachdem ihn der Wecker geweckt hatte, auf. Leise drehte er im Badezimmer das Radio auf und lauschte der Musik, die einen Hauch weihnachtlicher Stimmung in ihm auslöste. Er packte seine Sachen, die er mit zu Annalena nehmen würde und zog sein Jackett für das Weihnachtskonzert, das er noch dirigieren sollte, an. Doch bevor er auf Arbeit ging, telefonierte er mit dem Inhaber des Ladens, bei dem er den Ring für Annalena gekauft hatte und fragte, ob der Laden heute noch geöffnet hätte. Der Ladenbesitzer stimmte zu und Robin setzte sich ins Auto, um noch schnell dort vorbei zu fahren.

Er traf die Gold- und Silberschmiedin, die gerade an einer aus Silber bestehenden Kette arbeitete. Robin stellte sich vor wie dieses Schmuckstück mit den Kristallen wohl an Annalenas Hals aussehen mochte und war der definitiven Überzeugung, dass diese genau das richtige Geschenk für sie war. Nur leider war das Schmuckstück noch nicht fertig. Robin bezahlte die Künstlerin im Voraus mit viel Trinkgeld und bat sie darum, es gut zu verpacken und bis sechs Uhr am Abend zu ihm ins Theater bringen zu lassen. Die Schmiedin empfand das etwas zu viel des Guten, doch sie willigte ein und versprach bis zum beschlossenen Termin fertig zu sein.

Völlig selbstsicher ging Robin zur Arbeit und das Konzert klappte zu seiner Überraschung reibungslos. Pünktlich um sechs Uhr stand er vor dem Theater und wartete. Der Bote mit dem Geschenk für seine Annalena kam um die Ecke gerannt und übergab es den Herren mit dem schwarzen Jackett und dem Mantel über dem Arm. Robin bedankte sich und gab dem Jungen noch ein kleines Trinkgeld. Er stieg in sein Auto ein und es fing an zu schneien. Es würde wohl doch noch eine weiße Weihnacht geben, wie es sich Annalena so sehr wünschte. Während der gesamten Fahrt ließ er sich von seinem Navigationsgerät führen bis er endlich das kleine, abgelegene Städtchen im Erzgebirge fand. Es brannte Licht aus der Küche und er sah, wie sich die Frauen in der Küche an dem Braten schafften. Er ging zur Tür und drückte die Klingel und es wurde ihm nach einem kurzen Moment des Wartens geöffnet.

16.

Annalena war endlich bei ihrer Familie angekommen und saß nun mit einer Tasse Tee und ihrem Hund auf dem Schoß in einem der neu gekauften orangenen Sessel ihrer Eltern. Es war schön wieder dort zu sein. Ein wenig treudoof sah sie der kleine Hund an, der für seine Rasse doch recht groß geraten war und ließ sich kraulend verwöhnen. Die Streicheleinheiten hatte er anscheinend sehr vermisst und Annalena auch. Im Fernsehen lief der Lieblingsfilm ihrer Familie, der schon fast zum kulturellen Programm an jedem Weihnachtsfest zählte. Allerdings konnte Annalena diesem nicht viel abgewinnen. „Das Buschgespenst" zählte nicht unbedingt zu ihren Favoriten. Sie entschloss sich, sich das nicht weiter antun zu wollen und setzte den Hund von ihrem Schoss auf den Teppich. Sie wollte ihrer Mutter lieber bei der Zubereitung des Gänsebratens in der Küche helfen. Es war ein ziemlich großer Vogel, der aus der Freilandhaltung von Bekannten abgekauft wurde und kaum in den Ofen passte.

Alles war wie früher und das beruhigte Annalena ein ganzes Stück. Es gab immer noch einen Ort, an dem die Zeit und die Hektik der Welt nicht allzu viel veränderte. Gemeinsam höhlten sie den Vogel aus, würzten in mit Pfeffer und Salz, füllten ihn mit Äpfeln und wie nicht anders zu erwarten war, war ihr der Hund in die Küche nachgelaufen. Er beobachtet das Treiben mit enorme Aufmerksamkeit und hoffte anscheinend, dass etwas für ihn abfallen würde und wie es schon immer war, hatte er Recht. Die restlichen Apfelstücke der Füllung bekam natürlich der Hund und komischerweise freute er sich darüber. Manchmal dachte Annalena, dass dieser Hund eine vegetarische Ader in sich trug und sie lächelte. Ihre Mutter riss sie aus ihren Gedanken, als sie ihre Tochter um Hilfe bat, den Vogel in den Bratenschlauch zu wickeln. Sie unterhielten sich darüber was vorgefallen war und Annalena erklärte ihr, dass Robin für sie und ihre Familie kein Interesse mehr zeigt.

Ihre Mutter verstand das sehr gut. Früher hatte sie dasselbe Problem mit ihrem Mann, bloß dass sie diejenige war, die ständig arbeiten ging. Ihre Mutter versuchte sie zu beruhigen und ihrer Tochter zu erklären, dass dies eine Phase in ihrer Beziehung sei, die es zu überstehen galt. Sie berührte ihre Tochter an dem schon gut vorgewölbten Bauch und sagte ihr, dass sie sich beruhigen sollte. Sie erwarteten schließlich ein gemeinsames Kind.

Plötzlich klingelte es an der Tür. Noch vor ein paar Sekunden, sah Annalena ein Auto an ihrem Küchenfenster vorbeiziehen, aber sie dachte, dass es der Besuch von ihren Nachbarn war und machte sich nichts weiter daraus. Sie wusch sich noch schnell die Hände, während ihre Mutter mit dem Hund wieder ins Wohnzimmer verschwand und öffnete die Tür. Vollkommen überrascht sah sie mit ihren verweinten Augen in Robins Gesicht und konnte es kaum fassen. Sie umarmte ihn und er küsste sie. Eigentlich wollte er noch etwas sagen, sich entschuldigen und er hatte sich schon alle Worte dafür während der Fahrt zurechtgelegt, aber nun standen sie umschlungen unter dem Mistelzweig der Tür und Robin hatte seine geliebte Annalena endlich wieder in den Armen.

Es fing wieder an zu schneien und Annalena bemerkte, dass sie noch erfrieren würden, wenn sie nicht hineingehen würden und öffnete die Tür weit, um ihn hereinzubitten.

Der Abend wurde noch mit verschiedenen Darbietungen jedes einzelnen Familienmitgliedes ausgeschmückt. Denn der Brauch ihrer Familie war es für seine Geschenke etwas zu singen, einen Spruch aufzusagen oder ähnliches. Robin war damit ganz überfordert. Ihm fiel gar nichts ein, was er hätte darbieten können und zu seinem Erstaunen hatten Annalenas Eltern ein kleines Geschenk für ihn. In einer Schachtel bekam er ein kleines hölzernes „Rachermann'l", wie man zu einem Räuchermännchen im Erzgebirge zu sagen pflegt. Annalena sang ein Lied von Lorena McKeenniet und Robin war überwältigt von ihrer gefühlvollen gesanglichen Darbietung. Er gab ihr einen Kuss und bat sie darum die Augen zu schließen. Er nahm die Kette aus dem Päckchen und legte sie ihr um den Hals. Annalena war gerührt. Nun schien alles wieder gut zu sein und allmählich wurde ihr klar, dass er sie doch noch liebte.

Am späten Abend führte sie Robin noch zur Christmette, die durch das Läuten der Glocken gegen zehn Uhr alle Leute daran erinnerte in die Kirche zu kommen.

Annalenas Familienmitglieder waren seit Generation Atheisten, doch für sie schien die Welt ohne Gott nicht zu existieren und so entschloss sie sich dazu Robin an ihren eigenen Brauch teilhaben zu lassen.

Als sie in der Kirche ankamen, gab es kaum noch einen Platz. Denn so klein wie der Ort war, war auch die Kirche. Im Gefühl der Heimlichkeit sangen sie zu Beginn verschiedene Weihnachtslieder und das Kerzenlicht brachte Annalenas Augen zum Strahlen und aneinander geschmiegt, verfolgten sie das Schauspiel der Weihnachtsgeschichte, dass von Klein und Groß der Gemeinde einstudiert und geprobt worden war. Robin wusste gar nicht, dass auch eine nicht perfekte Darbietung besser und herzlicher sein konnte, als seine Theaterkonzerte, die stets zu einhundert Prozent klappen sollten. Er erkannte, dass die Wärme und Güte, das Einbringen von Leib und Seele das Fundament einer jeden Aufführung waren, wenn das Publikum erreicht werden sollte. Er spürte, wie gut es ihm tat, diese Erkenntnis zu bekommen und nahm sich vor in der nächsten Zeit mehr für Annalena da zu sein und ihr beizustehen, statt sich immer nur auf seine Arbeit zu konzentrieren.

Auf dem Heimweg knirschte der Schnee vor Kälte unter ihren Füßen und jeder Atemzug, den sie ausatmeten, wandelte sich in eine kleine Wolke. Bei Annalenas Elternhaus angekommen, waren bereits alle schlafen gegangen. Sie gingen auf Zehenspitzen in das Gästezimmer und schon bald schliefen sie ein.

17.

Die Zeit verging. Gesund und munter hatten sie den Start ins neue Jahr mit ihren Freunden gefeiert und es begann wieder einmal die Zeit des Schulstresses für Annalena. Allmählich konnte sie dem Druck kaum noch standhalten und auch die Schwangerschaft betrachte sie mittlerweile als unerträglich. Ende Januar hatte sie Geburtstag. Doch selbst den wollte sie nicht feiern. Robin wusste langsam weder ein noch aus. Er konnte seiner Annalena einfach keine Stütze sein und er wusste, dass sie jede Woche eine aufwühlende Diskussion mit ihren Ärzten führte, die sie davon überzeugen wollten, dass sie von Anfang an im Recht waren und die Schwangerschaft Annalena nur zusätzlich zusetzen würde.

Nach jeder ärztlichen Konsultation wurde Annalena immer leiser bis sie im Februar vollkommen schwieg. Sie wollte nur noch ihr Kind bekommen und in Frieden gelassen werden. An manchen Abenden sah Robin sie durch den Spalt der geöffneten Tür des Kinderzimmers weinen und es tat ihm weh seinen Liebling leiden zu sehen.

Wie es Annalena schaffte bis zum März durchzuhalten und in der Schule allen Ansprüchen gerecht zu werden, sollte ihm für immer und ewig ein Rätsel bleiben. Am neunten März, einem Sonntag, hatte Robin mal wieder eine Aufführung zu dirigieren, als er in der Pause auf seinem Handy einen Anruf in Abwesenheit sah. Liselotte hatte versucht ihn von zu Hause aus zu erreichen und während er zurückrief, bemerkte er dass keiner abnahm. Ein merkwürdiges Gefühl durchströmte ihn und nach seiner Arbeit klingelte sein Telefon erneut. Wieder war Liselotte am anderen Ende und beglückwünschte Robin zu seinem Sohn. Robin konnte es kaum fassen. Er rannte in das Theater und brüllte auf dem Gang heraus, dass er jetzt Vater geworden sei.

Luisa und Jens gratulierten ihm und fragten warum er noch nicht bei Annalena im Krankenhaus sei. Da fiel es Robin wie Schuppen von den Augen. Er setzte sich in sein Auto und fuhr schneller als erlaubt ins Klinikum.

Auf der Entbindungsstation führte man ihn zu Annalena ins Zimmer und mit lauter Vorfreude klopft er an bevor er die Schwelle zu seiner Familie betrat.

18.

Annalena war in der letzten Zeit auf ärztlichen Rat zu Hause geblieben. Jeden Tag spürte sie, dass es nicht mehr lange dauern würde, bis es ihrem Sohn in ihrem Körper zu eng werden würde und er es sich überlegte seine Umgebung zu wechseln. Sie genoss die Tage in völliger Ruhe und im innerem Einklang mit sich und der Welt.

Am neunten März ging Robin wie gewohnt zur Arbeit und Annalena hatte sich vorgenommen Liselotte ein wenig beim Haushalt zu helfen. Sie stand mit dem Wäschekorb vor dem Schrank im Schlafzimmer am Bett, aus dem sie Stück für Stück die Kleidung herausnahm, sie zusammenlegte und im Schrank verstaute. Irgendwie hatte sie das dringende Bedürfnis, dass die Wohnung aufgeräumt und geputzt sein sollte. Als sie auf der Leiter stand, um noch die Fenster zu putzen, auch wenn ihr das Robin mit erhobenem Zeigefinger untersagt hatte, spürte sie, dass sie Wehen bekam. Dann ging alles ziemlich schnell. Bald darauf kamen die Wehen sechs Minuten, als sie sich im Bad frisch machte.

Zuerst hatte sie die Idee gehabt Robin anzurufen und ihn darum zu bitten, dass er sie mit dem Auto ins Krankenhaus fahren sollte. Doch er ging wieder nicht ans Telefon. Allmählich fragte sich Annalena warum er überhaupt eins besaß, wenn er nie abnahm.

Somit nahm sie ihre bereits gepackte Tasche, die Liselotte trug und gemeinsam fuhren sie mit dem Bus ins Klinikum. Sie meldeten sich auf der Entbindungsstation und kurz darauf lag Annalena in einem gelb gestrichenen Zimmer mit einer Badewanne, einem Bett, einem Gymnastikball und orangenen Vorhängen. Sie fühlte sich hier wohl und die zarten Farben verliehen ihr das Gefühl von Wärme und Zärtlichkeit während sie dachte, dass die Wehen, die mittlerweile im Abstand von einer Minute kamen, sie zu zerreißen drohten. Nie hätte sie gedacht, dass es so schmerzhaft sein könnte ein Kind zu gebären und auch Robin war bis jetzt immer noch nicht erreichbar. Sie schwor sich ihm den Hals umzudrehen, wenn er aufkreuzt und sie würde niemals einer Frau davon erzählen, wie es sich anfühlt ein Kind zur Welt zu bringen. Die Frauen müssen doch verrückt sein, manchmal mehr als ein Kind zu gebären. Da durchfuhr sie schon wieder die nächste Wehe.

Seit sie an diesem Morgen das Fensterputzen unterbrach waren sechs Stunden vergangen und pünktlich wie die Maurer kam ihr kleiner Jonas auf die Welt. Er hatte blaue Augen und schwarzes Haar. Die dunklen Gene ihres zukünftigen Mannes hatten sich wohl durchgesetzt. Die süße Stupsnase und die Mundpartie hatte er allerdings von ihr. Er war eine blendende Erscheinung, wie sie fand und wog dreitausendfünfhundert Gramm und hatte eine Größe von achtundvierzig Zentimetern. Jetzt lag er an ihrer Brust und musste sich von seiner schweren Reise stärken bevor er schlafen würde, um sich der anstrengenden Aufgabe des Wachsens zu widmen. Die Schwestern brauchten Annalena kaum Hilfe leisten, was die

Pflege des Babys betraf. Sie hatte einen Umgang mit ihrem Jonas, als hätte sie ihren Lebtag nichts anderes getan.

Es klopfte und Annalena dachte, dass Liselotte das Zimmer betreten würde. Doch mit dem freudestrahlenden Lächeln eines reichen Mannes kam Robin herein und strahlte wie ein frisch gebackener Honigkuchen, als er seinen kleinen Jungen an der Brust seiner Frau trinken sah. Als Jonas genug hatte, gab sie ihm Robin in die Hände und Liselotte, die nach ihm das Zimmer betrat, zeigte ihm, wie er das Baby halten sollte, damit der kleine Schützling ein Bäuerchen machen konnte. Annalena sah zufrieden aus und in völliger Seeleruhe. Robin hingegen bedachte, dass er zu dem wichtigsten Zeitpunkt, der Geburt seines Sohnes, nicht dabei war und er dachte, dass Annalena ihm das wohl nie verzeihen würde, aber sie strahlte genauso wie er. Annalena hatte bei allem Mutterglück ihre Vorwürfe und jegliche Wut gegenüber Robin verloren.

19.

Der Klinikaufenthalt nach ihrer Entbindung war Gott sei Dank nur von kurzer Dauer. Alle Untersuchungen des Kleinen waren reibungslos und ohne irgendwelche Komplikationen, sodass sie bereits eine Woche später mit ihrem Sprössling nach Hause gehen durften.

Jonas war ein sehr ruhiges Kind, so als ob er ahnte, dass seine Mutter weniger Kraft zur Verfügung hatte, als andere Mütter. Er schlief viel und wenn er wach war, erkundete er die Umgebung mit seinen großen Augen. Er war der Sonnenschein in ihrem Leben, wenn er lachte. Am liebsten mochte er das Ritual, dass ihn Robin am Abend badete und ihm beim Abtrocknen einen dicken Schmatz auf den Bauch gab. Danach übernahm es Robin seinen Sohn ins Bett zu bringen und ihm eine Geschichte vorzulesen, sofern er pünktlich seine Arbeit beiseite legen konnte und das war zur Freude von Annalena zurzeit relativ häufig. Er ging in seiner Rolle als Vater richtig auf und gab damit die Seite von sich preis, die Annalena so an ihm liebte. Die Fürsorge und Liebe, die er Jonas gab, konnte absolut nicht ersetzt werden.

Als Robin eines Abends seinen Sohn ins Bett gebracht hatte und dieser friedlich schlief, hatte er Annalena einen Vorschlag gemacht. Er wusste, wie wichtig es seiner Frau war das Abitur zu beenden und wenn sie jetzt weiter ausfallen würde, wusste keiner von beiden, ob sie es jemals schaffen würde. Er nahm

Annalena in die Arme und fragt sie, ob er nicht die nächsten drei Monate ins Babyjahr gehen sollte. Mit großen Augen sah sie ihn an und er wusste, dass Jonas diesen Ausdruck wohl von seiner Mutter hatte. Sie fragte noch einmal nach, ob er sich das richtig überlegt hätte. Doch Robin war sich ganz sicher und Annalena war ihm dafür sehr dankbar.

Sie versuchten an diesem Abend noch einen Plan zu machen, wie sie es wohl am besten organisieren könnten und Annalena entschloss sich regelmäßig ihre Muttermilch abzupumpen, damit Jonas alles bekam, was er in diesem Alter brauchte. Am Wochenende wollten sie ihre Rollen tauschen, sofern Annalena nicht allzu viel lernen musste und den Brauch Jonas am Abend ins Bett zu bringen, wollte Robin ihr überlassen. Er wusste, dass sie es niemals verkraften würde, ihn nicht einmal am Tag bei sich zu haben und ihr Stundenplan ließ es nur schwer zu, dass sie vor um fünf Uhr zu Hause sein würde.

Als beide alles überdacht hatten, begann für sie ein Abschnitt mit vertauschten Rollen, der, wie Annalena bald feststellen musste, noch etwas schwierig werden würde.

20.

In den folgenden Wochen konnte Annalena beobachten wie sich ihr kleiner Junge entwickelte und wie glücklich er in der Gegenwart von Robin war. Das beruhigte sie ein wenig, auch wenn es ihr schlechtes Gewissen nicht wieder gut machen konnte. Sie fühlte sich als eine Rabenmutter, die das Kind abschob und es nur zu anderen gab, auch wenn diese anderen Leute nur Robin oder ihre Familie waren, fühlte sie sich elend. Sie erreichte ihren Notendurchschnitt und die Leistungen, die sie sich als Ziel gesetzt hatte immer schwerer und selbst die Hochzeit wollte sie auf die Zeit nach den Prüfungen verlegen. Sie sehnte sich danach wieder sie selbst sein zu können und nicht den gesellschaftlichen Ansprüchen genügen zu müssen. Die Zeit verging für sie wie im Fluge und sie empfand ihre Anwesenheit zu Hause genauso fremd, wie in der Schule. Nirgendwo fühlte sie sich aufgehoben und es blieb ihr nicht mehr viel Zeit bis die Prüfungen anstanden. Alles, was sie jetzt brauchte, war ein klarer Kopf. Doch wo sollte sie die nötige Ruhe dafür hernehmen?

Als kurz vor den Prüfungen Jonas sehr krank wurde, wurde ihr klar, dass es alles nichts half. Ihr Kind ging nun einmal vor die Schule. Auch wenn das viele Leute nicht verstanden. Robin wusste mit dem Kleinen weder ein noch aus und Annalena war klar, dass jetzt nur noch die mütterliche Liebe und Fürsorge ihren Jungen gesund werden lassen konnten. Sie ließ sich von der Schule befreien und saß am Abend in ihrem Schaukelstuhl mit dem Engel ihres Herzens im Arm und sah in das Aquarium. Es hatte eine sehr entspannende Wirkung in diesem Zustand zu verharren und Annalena verfluchte in Gedanken diese Gesellschaft, die nur auf das Funktionieren und Karrieremachen erpicht war. Sie wusste, dass sie in diese nicht hineingehörte.

Sie bat Robin an sich heute einen freien Abend zu nehmen und sich zu amüsieren. Er war ihr sehr dankbar dafür, auch wenn er es nicht sagte. Sie konnte es in seinen Augen sehen. Dazu hatte Annalena ihrer Haushaltshilfe Liselotte Urlaub gegeben. Annalena wollte jetzt ganz in Ruhe in der Wohnung sitzen und nicht gestört werden.

Sie merkte, wie sich das Würmchen in ihren Armen entspannte und langsam nach einem Tag mit hohem Fieber einschlief. Annalena wusste, dass Sie genau jetzt das Richtige tat, auch wenn es ihr so viele Menschen ausreden wollten. Nur eine Lehrerin, an die sie sich im Vertrauen wandte, konnte sie verstehen und stand voll und ganz hinter ihr. Entweder sie würde die Prüfungen mit ihrem jetzigen Wissen bestehen oder eben nicht. Außerdem hatte sie nicht vor, als eine der besten Schüler auf der Bühne zu stehen, um für ihre Leistungen ausgezeichnet zu werden. Denn selbst, wenn sie das schaffen würde, könnte keiner ihrer Mitschüler verstehen, was sie wirklich für eine Leistung in den letzten Jahren vollbracht hatte. Dass sie anders war und auch andere Gedanken hatte, die sie zu ihrer eigenen Sicherheit kaum noch aussprach, wurde ihr ein immer deutlicheres Zeichen dafür, dass sie erwachsen worde und sich nicht mehr den anderen anpassen wollte, wie es die Menschen in ihrem Alter taten, um den Ansprüchen ihres Umfeldes gerecht zu werden, statt sich eigene Ziele zu setzen.

Sie war völlig in ihren Gedanken versunken und legte Jonas ins Bett. Mit seinen entspannten Gesichtszügen sah er nicht mehr so krank aus, wie in dem Moment, als sie nach Hause kam. Mit hochrotem Kopf und völlig verquollenen Augen hatte ihn Robin versucht auf seinen Armen zu beruhigen. Er ging auf und ab mit ihm, sang ihm ein Lied, versuchte ihm eine Geschichte zu erzählen . Doch nichts half. Erst als Annalena Heim kam und sie ihr Kind in den Armen wog, hatte sich Jonas binnen weniger Minuten völlig beruhigt. Das war Robin ein echtes Rätsel.

In den nächsten Tagen würde sie ihrem Geliebten versuchen all das zu ermöglichen, was er brauchte, um wieder zu Kräften zu kommen. Annalena war Robin so von Herzen dankbar, dass er sich um den kleinen Jonas kümmerte, während sie versuchte ihr Abitur zu machen.

21.

Annalena genoss die Zeit in ihrem vertrauten Heim und fand es schön Robin lachen zu sehen, wenn er jeden Morgen herausfand, wie es Jonas ein Stück weit besser ging. Auch Jonas schien damit mehr als zufrieden zu sein, dass seine Mama in der Nähe war. An jedem Morgen, wenn er aufwachte und sich bemerkbar machte, holte Robin ihn zu den beiden ins Bett. Der kleine Bursche versuchte sich in den letzten Tagen allmählich mit aller Kraft auf den Bauch zu drehen, doch seine Muskeln waren noch nicht stark genug, sodass sie ihm einen kleinen Stups geben mussten, damit er es schaffte. Trotz seinem Alter schlief er immer noch relativ viel, er würde wohl ein echter Langschläfer in ihrer Familie werden, aber in diesem Moment freute sich Jonas, wie nie zuvor, da er sich mit der Hilfe von Robin auf den Bauch gedreht hatte.

Er war ein richtiger Sonnenschein und ohne ihn wäre es nicht einmal halb so schön. Jonas bekam sogar die braunen Augen von ihrem Liebling. Er machte Robin mit seinem Alter von ein paar Monaten schon jetzt wahre Konkurrenz. Nur das lebhafte Verhalten ihres Sohnes, wenn er für etwas Begeisterung empfand, hoffte Annalena, kam von ihren Genen.

In die Schule ging Annalena nur noch, wenn sie an einem Tag eine Prüfung absolvieren musste und dann machte sie eine Erfahrung, die sie bisher noch nicht kannte. Sie verließ ihre Familie, nachdem sie die Wohnungstür hinter sich geschlossen hatte, und stellte sich im Bus seelisch und moralisch auf die Prüfung ein. Wenn sie jemand grüßte, der sie anscheinend kannte, nickte sie freundlich und ging weiter, ohne ihn wirklich zu beachten. Sie sprach mit keinem ein Wort, weder vor noch nach der Prüfung. Einerseits wollte sie sich nicht verunsichern lassen und andrerseits hatte sie den Eindruck, dass ihre Mitschüler sie sowieso nicht verstanden, was sie in ihrer eigenen Familie für ein Glück erlebte und dass es noch etwas anderes gab, außer dem Streben nach guten Noten. Denn jedes Mal, wenn sie von einer stolzen Beobachtung ihres Jonas sprach, schien ihr Gegenüber zwar interessiert zu sein, aber sie spürte, dass er gar nicht zuhörte und sie sich aber auch nicht gleich abwenden wollte. Schließlich war es Annalena, die für die Klasse bis vor kurzem die Fäden in der Hand hielt. Sie war diejenige, die die Klassenfahrt organisierte und zu der man gehen konnte, wenn es mit Lehrern, Schülern oder anderen organisatorischen Dingen Probleme gab. Manchmal reagierte sie zwar schnell gereizt, aber jeder wusste, dass das nur ein Zeichen dafür war, dass sie jedes Problem erfolgreich lösen wollte und sich dafür mit ganzem Herzen einsetzte. Keiner musste sich dadurch um etwas scheren und jetzt, wo sie Familie hatte und sich neue Prioritäten setzte, war alles anders. Ihre Mitschüler mussten selbst an ihren Aufgaben wachsen und lernen sie ohne Hilfe anderer zu lösen.

Während Annalena die große Aula betrat, in der alle einhundertdreiundzwanzig Schüler ihres Jahrgangs saßen, bemerkte sie jedes Mal aufs Neue, dass sich immer noch nichts daran geändert hatte, dass sich alle in den hinteren Teil der Aula drängten. Annalena vermutete, dass es wohl doch noch einige gab, die dachten, sie könnten mit Spicken durchkommen, wie in den vergangenen Jahren, aber dies war eine Prüfung und die Rate der erwischten Spicker blieb wohl auf immer und ewig die Gleiche. Denn irgendwie schienen sie nichts von ihren Vorgängern gelernt zu haben.

Aus diesem Grund setzte sich Annalena nach ganz vorn in die erste Reihe. Da hatte sie wenigstens ihre Ruhe und manchmal hoffte sie bei Schwierigkeiten schneller Unterstützung zu bekommen, als die anderen. Da der Weg der Lehrer nicht allzu weit war.

Wenn sie ihr Aufgabenblatt erhielt und es gleichzeitig mit den anderen umdrehen durfte, war sie voll in ihrem Element. Meist fiel ihr spontan ein Stichpunkt zur entsprechenden Aufgabe ein und dann kam ihr ein Einfall nach dem anderen. Sie hatte das Gefühl, dass sich alles, wie ein Puzzlestück, zusammensetzte und ihr das gelernte Wissen in einer extra Schublade ihres Gedächtnisses aufbewahrt wurde, zu der sie erst jetzt den Schlüssel fand.

Fast jede Prüfung lief für sie gut, bis auf Mathe, aber das war wohl ein allgemein bekanntes Problem vieler Schüler und zwar seit vielen Jahren.

Wenn Annalena das Schulhaus danach wieder verließ, freute sie sich auf ihr Zuhause und befand sich wieder völlig in ihrer Mutterrolle. Auf diese Weise verliefen alle Prüfungen nacheinander und an einem Wochenende bat sie Luisa um den Gefallen, mit ihr das Abschlusskleid oder etwas Ähnliches zu besorgen. Sie durchkämmten viele Läden, die in ihrem Budget lagen bis Annalena ein Kleid sah, dass ihren Wünschen entsprochen hatte. Es war dunkelblau, hatte dreiviertel lange Ärmel und reichte ihr bis über ihre Schuhspitzen. Genau das sollte es sein und kein anderes.

Als Annalena zur Bekanntgabe ihrer Prüfungsergebnisse wieder in die Schule ging, konnte sie es kaum fassen. Sie hatte alle Prüfungen bestanden. In Mathe hatte es zwar nur zu einer vier gereicht, aber sie hatte bestanden und alles andere war zu ihrer Zufriedenheit, was die erreichten Notenpunkte betraf.

22.

Robin ging von seiner getanen Arbeit völlig stolz nach Hause. Als er sich vor seiner Haustür befand, bemerkte er wie zwei Gestalten ihm gefolgt waren. Es waren zwei junge Herren, die mit Schlips und Kragen ihre Fahrräder vor sich herschoben. Langsam aber sicher gingen ihm diese Leute auf die Nerven. Noch vor kurzem, so erinnerte er sich, hatte Annalena mit Jonas auf dem Arm zu kämpfen gehabt zwei Frauen vor ihrer Wohnungstür loszuwerden. Sie wollten sie doch tatsächlich davon überzeugen, dass es einen Tag geben wird, an dem Gott die „bösen" Menschen dieser Erde vernichten würde, um die „Guten" zu retten. Da seine zukünftige Frau allerdings immer ein wenig zu gut für diese Welt war, hatte sie es natürlich nicht geschafft, diesen Frauen eine offizielle Abfuhr zu erteilen und sie aus der Offensive heraus nach draußen zu befördern. Doch Annalenas Gegenargumente schienen die Gläubigen wahrlich aus der Fassung zu bringen. Robin erzählte ihr, als er an diesem Tag nach Hause kam, dass ihn ebenfalls zwei Frauen angesprochen hätten, die wahrscheinlich die gleichen waren, wie sie bei Annalena an der Tür standen. Als er seiner Annalena berichtete, was er geantwortet hatte, hatte sie sich förmlich gebogen vor Lachen, was er allerdings nicht verstand, bis sie ihrem Schatz klar machte, dass seine Antwort in etwa die Kurzfassung von dem war, was sie ebenfalls den beiden Frauen erzählte.

Es war ein tolles Gefühl zu wissen, dass sie beide innerlich zusammengehörten und sie mit ihrer eigens gebildeten Meinung sich gegenseitig akzeptierten, auch wenn sie sich manchmal unterschieden.

23.

Jetzt saß Robin in einer großen Aula mit vielen Menschen um sich herum, die er gar nicht kannte. Die erste Reihe war allerdings scheinbar von Tutoren und Lehrern besetzt. Das verstand Robin absolut gar nicht. Es waren doch die Abiturienten des diesjährigen Jahrgangs, denen die Ehre gebühren sollte vorn sitzen zu dürfen. Doch laut Annalenas Erzählungen ahnte er allmählich, was an dieser Schule alles ein wenig verkehrt herum und durcheinander lief. Scheinbar waren in diesem Gebäude die Ansichten etwas anders herum gedreht, als er es bisher kannte. Bei seinem Abschluss war das anders gewesen.

Der Saal war bis auf den letzten Stuhl gefüllt und noch immer kamen verspätet Gäste herein, denen noch weitere Stühle hingestellt werden mussten, damit sie sich setzen konnten. Nun standen alle von ihren Plätzen auf und drehten sich in Richtung Tür, die sich hinter ihnen befand und jeder erwartete stolz seine Tochter oder seinen Sohn, die jeden Moment zwischen dem Durchgang in Reih und Glied, angeführt von der Schulleitung, entlang kommen sollten.

Robin wusste nicht, wie es Annalena wirklich verkraftete hatte, als sie erfuhr, dass ihre Eltern und andere Verwandte zu diesem Anlass nicht kommen konnten, aber heute war es ihr Tag und er wusste ganz genau, was er sie beim Abschlussball fragen wollte und zwar vor aller Öffentlichkeit. Hoffentlich würde er den Mut dazu finden.

Nun ging Annalena an ihm vorbei und lächelte, so dass ihre Grübchen rechts und links an ihren Mutwinkeln zu sehen waren. Er wusste, dass sie nun endlich das geschafft hatte, wovon sie schon so lange träumte. Es war ihr größter Wunsch gewesen, das Abitur nachzuholen und mit allen Höhen und Tiefen hatte sie es geschafft, alles zu meistern. Dass sie sich von ihren Mitschülern in letzter Zeit distanzierte, konnte er verstehen, auch wenn er es kaum wahrnahm. Nun ging sie elegant in ihrem nachthimmelblauen Kleid an ihm vorbei und gegen jede Absprache mit der Organisation blieb sie stehen und küsste Robin. Hinter ihr hielten auf einmal alle an, denn sie kamen nicht weiter, wenn Annalena stehen blieb. Ihre Direktorin strafte sie schon mit einem bösen Blick. Doch der Stellvertreter konnte diese Zärtlichkeit nur belächeln.

Jeder Name der einzelnen Schüler wurde von dem Oberstufenberater vorgelesen und in vierer oder fünfer Gruppen gingen die Absolventen der allgemeinen Hochschulreife, begleitet von einem Zitat, auf die Bühne, nahmen ihre Glückwünsche, ihre Zeugnisse und eine Blume händeschüttelnd von ihren Tutoren und der Schulleitung entgegen.

Eine Dankensrede folgte noch und ein kleines musikalisches Programm wurde von Schülern der unteren Jahrgänge aufgeführt. Allerdings hatte Robin nicht den Eindruck, als ob sie es freiwillig taten.

Nach dem ganzen Schauspiel war Robin froh seine Annalena endlich am Ausgang der Schule in die Arme nehmen zu dürfen und alle Absolventen standen daraufhin auf der Treppe in einer abgesprochenen Zusammenstellung, um ein Abschlussfoto machen zu lassen. Mit ihren Korkenzieherlocken, dem nachthimmelblauem Kleid und der silbernen Kette, sah seine zukünftige Frau aus wie ein Engel. Nur um eines hatte Robin Angst, dass sie seinen Antrag ablehnen würde, den er ihr noch einmal machen wollte. Denn seit dem Zeitpunkt, als Annalena ihm beichtete, dass sie die Hochzeit verschieben wollte, wusste er nicht, ob sie ihn immer noch für ein Leben lang haben wollte.

Bis zum Abschlussball blieben ihnen noch ein paar Stunden Zeit und das war auch gut so. Endlich hatten sie die Wohnung einmal für sich allein. Jonas war bei Liselotte, die gemeinsam mit ihm in den Zoo gehen wollte und zusammen genossen Annalena und Robin die Ruhe im Haus. Annalenas Reißverschluss des Kleides ging nicht richtig auf. Irgendwie schien er etwas zu hacken. Robin trat von hinten an sie heran und während er sie langsam auszog, küsste er sie am ganzen Körper. Es war die Zeit gekommen, in der Annalena frei von Stress und Anspannung war und sie ließ sich in seine Arme fallen und versank förmlich in ihm.

24.

Annalena genoss es auf der Empore ihrer Aula zu stehen und voller Stolz ihr Abiturzeugnis ausgehändigt zu bekommen. Der stellvertretende Direktor übergab ihr mit einem herzlichen Lächeln die Rose und wünschte ihr alles Liebe und Gute für sie und ihre Familie und mit einem leisen Flüstern sprach er ihr ins Ohr, dass ihr Kuss mit ihrem Mann, wohl das beste gewesen war, was er je erlebt hatte, um seine Chefin aus der Fassung zu bringen und dafür dankte er ihr.

Dass Robin ihr all das ermöglichte, hatte Annalena wohl der Liebe ihres Verlobten zu verdanken. Es war schön, dass er sie noch nach dem Abschlussfoto ausführte und er einen Tisch nur für sie zwei beim Italiener mit Kerzenschein bestellt hatte. Robin wusste eben einfach, was seine Geliebte brauchte und mochte.

Als sie am Abend versuchte sich für den Abschlussball umzuziehen, war es gar nicht so leicht ihr Kleid am Rücken mit dem Reißverschluss zu öffnen. Doch als Robin von hinten an sie heran trat und sie küssend auszog, war sie froh jegliche Last und jeglichen Druck der vergangenen Wochen ablegen zu können. Es war nicht einfach gewesen, die Prüfungen zu bestehen und sich um Jonas zu kümmern, auch wenn sie nach außen hin scheinbar ruhig und gelassen wirkte, aber jetzt waren sie allein und in ihrem inneren Verlangen ließ sie Robin alles gestatten, was er wollte. Sie wusste, dass es ihm genauso ging wie ihr.

Ein unglaublich glückseliges Gefühl eroberte Annalena. Denn es war, als ob sie sich das erste Mal zusammen geliebt hätten. Dieses unverwechselbare Gefühl von Freude, Erfüllung und Zufriedenheit ließ sie in ihn fallen und nachdem sie sich geliebt hatten, hielt Robin sie in seinen Armen. Annalena genoss die Wärme und den Geruch seines Körpers. Unter tausend Männern würde sie ihn mit verbundenen Augen an seinem Geruch und seiner Art, wie er ihr Halt und Schutz gab, erkennen.

Als Annalena bemerkte, dass sie eingeschlafen war und ihre Augen öffnete, lag Robin nicht mehr neben ihr. Sie blickte auf die Uhr und erschrak. Es war bereits halb sieben und um sieben sollte die Feier losgehen. Sie rannte ins Bad und sah, dass ihr Schatz dort in aller Ruhe sich im Spiegel den Schlips um den Hals gebunden hatte. Eigentlich war sie sauer und wollte ihn fragen, warum er sie nicht geweckt habe, aber als er sich umdrehte und sie ihn in seinem hellblauem Hemd und seinen strahlenden Augen sah, konnte sie ihm gar nicht mehr böse sein und verkniff sich ihre Frage.

Schnell zog sie sich um und da sie schneller war, als sie dachte, hatten sie es auch pünktlich zum Beginn der Feier geschafft. In dem Saal, in der die Feier stattfand, befand sich im Erdgeschoss eine Bühne mit samtroten Vorhängen und der Bühnenrand war mit Blumen verziert. Dazu stand in der Mitte ein Rednerpult und sie machte sich alle auf eine lange Rede über die Zukunft durch gefasst.

Einzelne Tischtafeln boten die Gelegenheit in ihrer Längsstellung zum einen auf die Bühne zu sehen und sich zum anderen mit den Gästen zu unterhalten. Auf der Empore befand sie eine kleine Bar mit runden Teetischen, an denen sie wohl noch mit ihren Mitschülern auf den gelungenen Abend anstoßen würden.

Es war kein besonderes Programm, das die Band vorstellte und ganz glücklich war Annalena auch nicht bis zu dem Moment, als sie völlig unverhofft auf die Bühne gerufen wurde und überhaupt nicht wusste, was mit ihr geschehen sollte.

25.

Es war endlich soweit. Zwar sah Annalena völlig unglücklich und gelangweilt aus, aber so hatte Robin wenigstens die Chance nicht schlimmer zu wirken, als die Gruppe, die da vorne auf der Bühne versuchte ein Programm auf die Beine zu stellen. Annalena stand unbeholfen auf der Bühne und sah in Robins Augen etwas hilflos aus, aber das sollte sich bald ändern.

Er stand hinter dem Vorhang und bat den gesamten Theaterchor sich von einem Hintereingang auf die Bühne zu begeben und „Ein feste Burg" von Johann Sebastian Bach zu singen. Dies war Annalenas Lieblingsstück.

Erst als sie sich umdrehte und den Chor auf der Bühne singen sah, schlängelte er sich auf elegante Art und Weise durch die drei gebildeten Reihen des Chores. Robin stellte sich an die rechte Seite, sodass Annalena ihn sehen konnte und er gleichzeitig von der Seite im Blickfeld der Öffentlichkeit dieser Veranstaltung stand. Er kniete sich bei dem Schlusston des Chores vor sie nieder, nahm ein Päckchen aus seiner Hosentasche und öffnete die schwarze Samtschatulle mit einem goldenen Ring und fragte sie nochmals, ob sie ihn in guten wie in schlechten Zeiten lieben würde und ob sie seine Frau werden wollte.

Der Saal schien versteinert zu sein und man hätte eine Nadel fallen hören können. Niemand traute sich etwas zu sagen, geschweige denn zu atmen. Alles um sie herum schien still zu stehen und die Luft anzuhalten. Erst als Annalena mit Freudentränen in den Augen ihrem Robin aufhalf und mit „Ja ich will" antwortete, schienen die Ersten vor lauter Anspannung ihre angestaute Luft aus dem Bauch herauslassen zu können. Annalena schloss ihren Geliebten in die Arme, während der Chor von der Bühne ging.

Im Saal nahm Annalena für eine ganze Weile Glückwünsche von allen möglichen Leuten entgegen, sogar von Personen, die sie im Grunde die ganzen Jahre verachtet und gemieden hatte. Als sie allerdings auch von einigen Lehrern, die ihr als Menschen sehr am Herzen lagen, ebenfalls beglückwünscht und manchmal umarmt wurde, wusste sie, dass sie in den letzten Jahren nicht auf die Lehrer, sondern auf das Bildungssystem sauer war. Letztendlich taten die Lehrer nur ihre Pflicht und im Grunde waren sie auch bloß Menschen.

Danach wurde von der Direktion das Buffet eröffnet und während sich alle darüber stürzten, ging sie mit Robin ein wenig im anliegenden Park spazieren. Die Hitze war ein wenig vergangen und in dem leichten Wind, der die Blätter der Bäume hin und her wog, saßen sie an einem Brunnen und genossen die Zeit für sich ganz allein. Annalena wusste, dass Robin jetzt erleichtert war und sie sagte ihm, dass sie das Gefühl hatte, dass sie heute wieder schwanger geworden sei, als sie sich geliebt hatten. Robin war nicht sonderlich überrascht über diese Nachricht. Er wusste, dass sich die Pille mit Annalenas Tabletten nicht vertrug. Doch Annalena war sich nicht ganz sicher und es würde sich wohl erst noch herausstellen.

26.

Annalena empfand den Abend auf ihrem Abschlussball wunderschön und das alles hatte sie nur ihrem Robin zu verdanken. Er machte eben aus jeder noch so langweiligen Veranstaltung etwas Besonderes für sie. Als sie am Abend Heim gingen, hatte sie noch mehrere Adressen in ihrer Handtasche von ihren Mitschülern und einigen Lehrern. Sie schien die Gäste dieser Veranstaltung anscheinend nicht nur durch Robins Antrag aus dem Konzept gebracht zu haben, sondern sie schaffte es auch mit ihrer Meinung über ihre Zukunft, das Umfeld um sie herum zu schockieren. Wie viele Leute waren der Meinung, dass Annalena wohl noch Jahre lang studieren müsste, um ihren Wissensdurst zu stillen? Doch es schien sich alles schlagartig geändert zu haben.

Es war für Annalena auch kein Wunder, dass die Leute mit denen sie sich unterhielt, erschrocken über ihre neuen Ansichten waren. In der vergangenen Zeit hatte sie schließlich auch kaum mit jemandem gesprochen und jetzt wusste sie auch warum. Dass sie niemand in ihrem Alter verstand, hatte sie bisher nur geahnt, doch nun wusste sie, dass es wirklich so war.

Als Analena ihre Meinung äußerte, dass sie sich in den nächsten Jahren nur um ihre Familie kümmern wollte und sie nicht danach strebte in einem Beruf zu arbeiten. Dafür hatte wohl keiner wirkliches Verständnis, aber Annalena wusste, dass es das einzig Richtige war für was sie sich entschieden hatte.

Es war ihrer Ansicht nach wichtig, dass sie für ihr Kind und ihren Mann da sein könnte und dass sie in ihrem gesundheitlichen Zustand sowieso nur schwer einen Beruf finden würde, indem Annalena mit voller Leidenschaft und Engagement arbeiten könnte, war fast schon sicher. Allerdings wollte sie sich den Abend nicht verderben und beschloss ihre Meinung wohl besser für sich zu behalten, wenn sie weiter mit diesem Thema konfrontiert werden würde.

Es war Annalenas Einstellung, dass es früher sicherlich nicht besonders sinnvoll gewesen war die Bildung den Frauen vorzuenthalten. Doch auch das Karrierebewusstsein der heutigen Frau empfand sie als ein anderes Extrem. Darum entschloss sie sich einen Mittelweg gehen zu wollen.

Es war Annalena wichtig einen guten Schulabschluss zu erlangen und Wissen zu erhalten, aber auch ihr Pflichtbewusstsein für die Familie, war ihr bewusst und sie wollte nicht eines Tages vor ihrem Sohn sitzen und nicht einmal lesen können. Danach, wenn die Kinder einmal ausgezogen waren, könnte sie schließlich immer noch ihr Wissen erweitern. Denn wie sie sich erinnerte, sagte einmal eine sehr wichtige Frau zu ihr: „Lernen können Sie bis ins hohe Alter", und damit hatte sie Recht.

27.

In den nächsten Monaten verging Annalena die Zeit wie im Fluge. Jonas wurde immer größer und stärker. Er lernte sich selbstständig auf den Bauch zu drehen, zu krabbeln, plapperte ein paar Laute vor sich hin und saß allein im Stuhl, um zu essen. Es hatte sich so vieles verändert.

Annalena hatte mit Robin bereits vier Monate nach seinem Antrag bei ihrer Abschlussfeier im kleinen Kreis geheiratet und sich mit ihm das Ja-Wort gegeben. Er arbeitete zwar viel, aber sie hatte gelernt seine Arbeit mit der Familie zu verbinden und nahm Jonas mit zu den Proben. Wenn sie dann im Theater saß und der einzige Zuschauer war und wusste, dass sie und Jonas Robin jetzt ganz für sich allein in einem Konzert hatten, ging es ihr gut.

Sie hatte in der nächsten Zeit ihre ganze Kraft und Liebe in ihre Familie gesteckt. Ihr Herz galt nur noch Robin und Jonas, auch wenn sie sich ein weiteres Kind wünschte. Doch das wollte sie vorerst für sich behalten.

Robin war in letzter Zeit zu sehr damit beschäftigt, als Aushilfe ein weiteres Orchester zu leiten. Um am nächsten Wochenende wieder einen gemeinsamen Ausflug zu erleben, wollte Annalena zusammen mit ihren zwei „Männern" in den Zoo gehen.

Der Sonntag war ein herrlicher Tag für ein Frühstück im Garten. Robin schlief noch, während Annalena das Frühstück im Hof, mitten in der Vielfalt der Blumen vorbereitete und Jonas im Schatten in seinem Laufgitter sich mit seinem Spielzeug beschäftigte. Es war noch nicht allzu warm und ein optimaler Tag. Genau so ein wundervolles Wetter, wie zu jener Zeit, als sie sich kennen lernten. Sie ging ins Schlafzimmer, machte das Rollo hoch und weckte ihren Liebling. Irgendwie hatte Annalena das Gefühl, als wäre heute ein besonderer Tag, auch wenn sie es sich nicht erklären konnte. Zwar war Robin innerhalb seiner beruflichen Karriere aufgestiegen. Doch bis auf längere Arbeitszeiten mochte sie dieser Beförderung nichts an Bedeutung beimessen. Gemeinsam aßen sie in der herzlichen Wärme der Sonne und sie und Robin freuten sich über jedes Lachen von ihrem Jonas. Irgendwie hatte Annalena das Gefühl, dass der kleine Engel ihnen heute den Tag besonders erleichtern wollte.

Am Nachmittag im Zoo konnte Jonas seine Augen gar nicht weit genug aufreißen, als er die großen Elefanten und Giraffen sah, die kauend auf ihn herabschauten und ihm das Gefühl geben mussten, vollkommen unterzugehen. Ab und an erfreute er sich an den großen Tieren. Doch je näher er von Annalena und Robin herangeführt wurde, desto ängstlicher wurde er, was bei der Größe der Tiere wohl doch verständlich war. Nachdem sie noch an dem Nilpferd mit seinem Baby, den Löwen und Erdhörnchen vorbeigegangen waren und die zu letzt genannten Tiere Jonas am meisten faszinierten, gingen sie zum Spielplatz. Jonas wollte unbedingt in den Sandkasten und Annalena hatte in weiser Voraussicht Schaufel, Förmchen und Eimer eingesteckt. Er sah so vergnügt aus und war völlig in sich gekehrt, sodass er jegliches, was um ihn herum geschah, ignorierte. Robin und Annelana setzten sich derweil auf eine Bank, von der aus sie ihren Schützling beobachten konnten und gleichzeitig für sich waren. Doch der Blick von Robin verhieß nichts Gutes.

28.

Als Robin am Morgen aufwachte, brummte ihm der Schädel. Der Anstoß auf seine kurzfristige Beförderung war wohl etwas ausgeartet. Dass er nun auf seiner Karriereleiter, als offizieller Erstdirigent des Philharmonischen Orchesters aufgestiegen war, hatte er Annalena erzählt, nur dass das Theater mit seinem Stück „Der Besuch der alten Dame" von ausländischen Theatern eingeladen worden war und sich somit eine Tournee ankündigte, das hatte er ihr verschwiegen.

Er wusste nicht, wie er ihr diese Nachricht schonend beibringen sollte und das obwohl es schon kommenden Freitag, also in noch nicht einmal einer Woche losgehen sollte. Das Theater hatte durch dieses Stück so gute Kritik bekommen, dass sie bereits Einladungen in London, Wien, Rom, Athen und Moskau hatten und die Zeit knapp wurde. Es war eine Tour, wodurch er endlich auf den Brettern, die die Welt bedeuteten, auftreten durfte. Im Grunde war es seine große Chance. Allerdings wusste er nicht, wie seine Frau darauf reagieren würde. Robin war klar, dass sie in letzter Zeit all ihre Kraft in die Familie gesteckt hatte und es um ihre Gesundheit nicht ganz rosig stand, aber sie hatte immer noch die Stärke und Lebensfreude, die er so an ihr liebte.

Als sie gemeinsam im Zoo auf der Bank saßen und ihren Jonas beobachteten, versuchte Robin all seinen Mut zusammenzunehmen. Doch Annalena kam ihm bereits zuvor. Er hatte noch kein Wort gesprochen, da fragte sie ihn schon, was er ihr denn sagen wolle. Sie schien aber auch wirklich alles zu bemerken. Er versuchte ihr zu sagen, dass es mit der Beförderung noch etwas Weiteres auf sich hatte und schon jetzt sah er in ein Gesicht, das er eigentlich vermeiden wollte und doch gelang es ihm nicht, aber es blieb ihm keine andere Wahl. Er durfte ihr jetzt nichts verheimlich und somit erklärte Robin Annalena, dass er die Chance seines Lebens hätte und das Theater eine Tournee mache, aufgrund der vielen Nachfragen fremder Theater. Annalena wusste, was das bedeutete. Ihr war klar, dass es eine lange Zeit dauern würde bis ihr Robin wieder nach Hause zurückkehren würde und sie würde ihn vermissen. Auch hatte sie Angst, dass ihr Mann völlig verändert zurückkehren würde, sodass sie ihn nicht wiedererkennt. Annalena hatte bereits in ihrem Leben erfahren, wie sich Menschen, die sie liebte, nach einer solchen Reise veränderten, doch wurden ihre Gedankengänge unterbrochen. Denn Jonas begann zu weinen, als er bemerkte, dass seine Eltern während seines Spiels nicht mehr neben ihm saßen und er sie mit seinen rot geweinten Augen um sich herum suchte.

29.

Die kommende Woche verging für Annalena viel zu schnell. Sie hatte sich damit abgefunden, dass Robin für ein ganzes Jahr weg sein würde und traf alle Vorbereitungen für seine Tournee. Mit Liselotte packte sie seine Sachen, wusch alle Kleidungstücke, die Lieselotte mit aller Geduld bügelte, legte seine Papiere, die Robin gebrauchen könnte, zurecht und legte ihm ein Foto von der Familie bei. Auf die Rückseite schrieb sie, dass sie und Jonas immer in Gedanken bei ihm waren. Daneben unterschrieb sie mit den Worten „Deine treue Annalena" und von Jonas machte sie einen bunten Handabdruck daneben. Vielleicht würde es Robin in schweren Zeiten helfen und auf diese Weise erhoffte sich Annalena auch, dass er sie nie vergessen würde.

Der Freitag seiner Abreise kam viel zu schnell, wie es Annalena empfand. Sie und Robin wussten, dass diese Zeit wohl die schwerste Zeit für sie beide werden würde. Noch nie waren sie in den letzten zwei Jahren getrennt gewesen. Auch Jonas spürte den Schmerz, den seine Mutter empfand und schlief in den letzten Nächten kaum durch. Immer wieder stand Annalena nachts auf, weil er weinte und versuchte ihn zu beruhigen. Sie nahm ihn dann aus dem Kinderbettchen, wickelte ihn in eine Decke und setzte sich auf den Schaukelstuhl, von dem aus sie den Mond , der durchs Fenster schien, beobachteten und Annalena sang ihrem Sohn leise in den Schlaf.

Viele Tränen verlor sie dabei und sie spürte schon jetzt die innerliche Trennung von ihrem Robin. Sie verspürte eine Angst ihn zu verlieren, sodass sie nicht wusste, wie sie damit umgehen sollte.

Robin wurde von einer leisen, sanften Stimme geweckt, die langsam und besinnlich an sein Ohr drang. Diese Stimme war unverkennlich. Es war seine Annalena, die da sang und irgendwie klang es so voller Emotionen, dass er vermutete, dass sie wohl gerade in einem Schwall von Gefühlen steckte. Seit ihrer Unterhaltung im Zoo wusste er, dass seine Abwesenheit ein großer Schnitt in ihrer Beziehung sein würde und irgendwie machte er sich auch Vorwürfe. Doch er tröstete sich, indem er wusste, dass er nach einem Jahr heimkehren würde und er schwor sich, dass er sich nicht verändern würde und immer hinter seiner Familie steht, egal was geschehen mag.

Das verhaltene Schluchzen im Gesang seiner Frau ließ ihn einfach nicht los. Er stieg aus dem Bett und sah durch den Türspalt des Kinderzimmers. Der Schatten von Annelena war auf dem Fußboden in der Form eines Engels. Ihre Haare wehten leicht durch den Wind des geöffneten Fensters. Jonas lag ruhig in ihren Armen. Er war groß geworden und irgendwie wusste Robin schon jetzt, dass er wohl sehr viel bei seiner Abwesenheit verpassen würde.

Robin trat langsam von hinten an ihren Stuhl und Annalena spürte einen leichten Hauch in ihrem Nacken. Sie hörte auf zu singen und auch Jonas rührte sich nicht. Robins Lippen streiften ihren Hals und ließen ein Verlangen in ihr Aufsteigen. Sie drehte sich um und irgendwie war es, als hätte sie in den letzten Tagen einiges in sich versperrt. Er küsste sie und nahm Jonas langsam aus ihrem Schoß und legte ihn in sein Kinderbettchen. Er küsste sie und streichelte sie. Noch während sie sich aus dem Kinderzimmer in ihr Schlafzimmer bewegten, kamen sie nicht von einander los. Robins große Hände wischten ihr die Tränen aus dem Gesicht, glitten an ihrem Hals entlang und berührten ihren Busen und schließlich auch ihren Bauch. Mit jedem Atemzug spürte sie die Sehnsucht nach ihm. Sie ließ sich langsam von ihm ins Bett legen. Robins Küsse glitten von ihren Füßen über ihre Beine. Das zarte Berühren seiner Hände an ihren Oberschenkeln löste die Sperre zwischen ihren Gefühlen und ihrem Willen. Mit aller Ruhe und der gesamten Leidenschaft eines Abschiedes liebten sie sich bis durch das Rollo ein heller Sonnenstrahl fiel.

Sie wollten sich nicht von einander lösen und doch wussten beide, dass es soweit war sich von einander zu trennen.

Am Theater stiegen die Darsteller und Organisatoren in den Bus. Annalena nahm sich vor es ihrem Robin nicht allzu schwer zu machen. Doch es ging nicht. Er hielt mit seinen beiden Händen ihren gesenkten Kopf und hob ihn an, sodass sie sich ansehen konnten. Es überkam sie und Annalenas Augen füllten sich mit Tränen, die kein Kuss hätte wieder gutmachen können. Doch Robin musste sie verlassen und sie musste ihn loslassen.

30.

Die Sehnsucht, die Annalena empfand, war schlimmer als jedweder Schmerz, den sie in ihrem Leben bisher durchlebt hatte. Selbst Liselotte wusste nicht, was sie tun sollte und Annalena war ihr so dankbar, dass sie sie in Ruhe ließ und sich währenddessen um Jonas kümmerte. Sie hatte weder die Kraft noch die Nerven dafür.

Tagsüber war sie im Hof, auf der Gartenbank, zwischen den verschiedenfarbigen Blumen, auf der sie noch kurz zuvor mit Robin gemeinsam am Tisch saß, um zu frühstücken. Genau an dem Tag, an dem er ihr im Zoo sagte, dass er der Arbeit wegen seine Familie für ein Jahr verlassen wollte.

Tage vergingen und jeden Morgen, an dem sie aufstand, nach einer völlig übernächtigten Nacht, verspürte Annalena eine Übelkeit, die ihr durch Mark und Bein fuhr. Allerdings schob sie das auf ihren nervlichen Zustand und die Strapazen, die sie in letzter Zeit durchmachte.

An einem Abend brachte sie Jonas zumindest ins Bett. Ihr schlechtes Gewissen quälte sie zu sehr ihn allein sich selbst zu überlassen. Was war sie nur für eine Rabenmutter? Und doch, sie konnte nicht anders.

Von Tag zu Tag fühlte sich Annalena schwächer. Seit einer Woche aß sie nichts mehr. Sie brachte vor Sorge und Kummer keinen Bissen herunter und das sollte sich in nächster Zeit auch nicht ändern.

Immer, wenn Liselotte sie sah, stand sie mit geschwollenen Augen, die von Tränen durchflutet und von geplatzten Äderchen durchzogen waren, vor ihr. Es half alles nichts. Annalena konnte nicht die Kraft aufbringen, den Dingen ihren Lauf zu lassen. Sie konnte Jonas und sich selbst einfach keinen geregelten Alltag bieten. Der Schmerz in ihrem Herzen und die Enge in ihrer Brust waren zu groß, um sich dem alltäglichem Leben stellen zu können.

31.

Robin befand sich mit seinen Kollegen wieder einmal im Bus zum nächsten Theater und saß Gott sei Dank neben seinem besten Kumpel Jens. Der spürte sofort, dass es Robin mit seiner Entscheidung, Annalena für die Tournee zu verlassen, nicht gut ging. Er schien in irgendeiner Weise verändert zu sein, so als hätte er seit Tagen nicht geschlafen und sein Dreitagebart setzte seiner Vermutung nach nur den richtigen Akzent dafür.

An Robin war einfach kein Herankommen. Jens konnte es nicht nachempfinden, wie es sein musste, sich von seiner Frau wegen der Arbeit für so lange Zeit zu trennen. Denn seine Luisa arbeitete ebenfalls im Theater und reiste mit.

Unerträgliche Qualen der Schuld überkamen Robin, als er mit einem abwesenden Blick aus dem Fenster die Landschaft an sich vorbeiziehen sah. Bilder seines ersten Ausflugs mit Annalena, auf dem Weg nach Polen, in das große Schloss, wo er das erste Mal mit ihr in einem traumhaften Turm geschlafen hatte. Als er mit ihr an einem Morgen aufwachte und sie ins Krankenhaus brachte. Als er sie auf der Intensivstation aufwachen sah und dabei ihre Hand hielt und sie auf seine Worte, dass sie schwanger sei ,nur mit den Worten antwortete „Ja, ich weiß !". Als er sie sah, wie sie voller Liebe ihren Sohn in den Armen hielt und stillte, wobei er sich schon, als er auf die Entbindungsstation kam, auf das Schlimmste von ihr gefasst machte, weil er bei einem solch wichtigem Moment, wie der Geburt seines Sohnes nicht dabei war.

Oft übermannten Robin die Gefühle, dass er zu viel gearbeitet hatte. Was empfand er für ein Glück, als er den Stolz in Annalenas Augen sah, als sie ihr Abiturzeugnis überreicht bekam und zuvor die gesamte Schülerschaft auf dem Weg zu ihren Plätzen aufhielt, weil sie ihn küsste?

Welchen Mut musste er sich nehmen, um ihr bei dem Abschlussball noch einmal einen Heiratsantrag zu machen? Was hatte er bloß für eine Entscheidung getroffen sie zu verlassen?

Der nächste Halt war London. Das volle Flugzeug und die überfüllte Stadt, trotz aller Sehenswürdigkeiten, waren Robin schon jetzt zu viel. Als er endlich in seinem Hotelzimmer ankam, bevor die versammelte Mannschaft ins Theater musste, weil auf sie ein herzlicher Empfang wartete, legte er sich ins Bett und schlief vor lauter Erschöpfung ein. Es brach ihm das Herz hier zu sein, bei der größten Chance seines Lebens.

Alle Aufführungen liefen zu Robins Zufriedenheit. Er versuchte Arbeit vom Privatleben zu trennen, auch wenn es ihm oft schwer fiel. Als sie endlich am Abend nach einer Aufführung alle ins Hotel gebracht worden, hatte Robin eine Einladung an eine Frau überreicht, die er bisher nur vom sehen bei der Premierenfeier kannte. Sie wollte ihn noch an diesem Abend auf seinem Zimmer besuchen kommen.

Robin packte seinen Koffer weiter aus, sodass wenigstens ein wenig Ordnung in seinem Zimmer herrschte. Unter seinem Schlafzeug befand sich das Bild seiner Familie. Nur irgendwie fühlte er sich an diesem Abend nicht mit ihr verbunden. Ihm war alles egal und außerdem hatte er wohl schon ein paar Gläser zu viel getrunken. Er wollte eben wenigstens für einen Moment lang alles vergessen.

Als die Frau, die er in sein Zimmer einlud, hereinkam, fiel ihm wieder ein, wie sie hieß. Ihr Name war Denise. Er wusste nicht wie ihm geschah, als sie mit noch einer Flasche Champagner ankam. Hatte er nicht schon mehr als eine mit ihr an dem heutigen Abend getrunken? Ach egal, es war ihm alles egal.

Als sie ihn auszog und er bemerkte, was sie wirklich von ihm wollte, fiel sein Blick auf das Bild mit seiner Frau und seinem Kind. Wie ein Blitz traf es ihn und er stieß Denise von sich. Wie in Gottes Namen konnte er sich bloß mit dieser Frau einlassen, wo er doch noch auf der Fahrt nach London um seine Annalena trauerte?

Vor lauter Wut über sich selbst stieg ihm das Blut in den Kopf und er wurde rot wie eine Tomate. Sein Tonfall ging in einen aggressiven Ausdruck eines Neandertalers über. Denise verließ völlig geschockt das Zimmer. Robin fiel auf's Bett und fragte sich, wie er seine Annalena nur so verletzten konnte, nachdem sie beide soviel miteinander durchgemacht hatten.

Noch in dieser Nacht schwor er sich, dass so etwas nie wieder vorkommen würde. Er nahm das Foto in die Hand und küsste es. Als er es umdrehte und die Signatur seiner treuen

Annalena las und den Handabdruck von Jonas sah und dieser ihn mit all seinen bunten Farben förmlich in Robins Herz sprang, wusste er, dass es nichts und niemanden in seinem Leben geben würde, der ihn von seiner Familie trennen könnte.

Noch in derselben Nacht schrieb er seiner geliebten Annalena einen Brief, indem er ihr sagte, wie sehr er sie liebte und sie und Jonas vermisste. Es war unmöglich bei diesem Stress seine Frau jeden Tag anzurufen und so entschied sich Robin diese romantische Ader aus seinen Händen in den Füllfederhalter fließen zu lassen.

So oft er konnte, sollte sie ein Zeichen von ihm erhalten.

32.

Annalena hatte das dumme Gefühl, dass Robin ihr etwas hinterlassen hatte, wovon sie zwar schon lange träumte, dass ihr aber genau in diesem Augeblick sehr ungelegen kam. Der Termin beim Gynäkologen sollte reine Routine sein und doch hatte Annalena mehr als nur ein dummes Gefühl, als sie in dem roten Ledersessel der Praxis saß und darauf wartete aufgerufen zu werden. Ihre Hämatologin hatte ihr die Empfehlung zu dieser Konsultation gegeben, da sich Annalenas Werte im Blut rapide verschlechtert hatten und sich dies auf verschieden Organe auswirken könnte. Die Besuche beim Augenarzt und ihrem Internisten hatte sie bereits hinter sich gebracht. Aus ihrer Tasche zog sie einen Brief. Während sie wartete, wollte sie sich wenigsten die Zeit vertreiben.

Seit knapp drei Monaten war Robin nun unterwegs und doch schrieb er ihr fast jeden Tag einen Brief und berichtete ihr, was er erlebte und wie es ihm ging. Er beendete jeden Brief stets mit „Ich liebe und vermisse dich und bin bei Tag und Nacht in Gedanken bei euch". Bei den letzten Worten kamen Annalena immer noch die Tränen, obwohl sie schon so viele Briefe mit diesem Zitat gelesen hatte.

Aus ihren Erinnerungen wurde sie erst durch den Aufruf ihres Namens geweckt und wieder in die Realität versetzt. Die Untersuchung verlief wie immer in voller Routine, auch wenn sich Annalena noch immer nicht an die Unannehmlichkeiten dabei gewöhnen konnte. Ihre Gynäkologin strahlte über das ganze Gesicht und berichtete Annalena, dass soweit alles in Ordnung war. Jedoch sollte sie sich auf eine Schonung einstellen, denn sie würde ein Kind erwarten und sei bereits im dritten Monat schwanger. Annalena vermutete, dass ein Mädchen werden würde, auch wenn das zu diesem Zeitpunkt noch nicht festzustellen war.

Vor lauter Entsetzen blieben Annalena die Worte im Hals stecken. Wie ein Kloß steckten sie fest und das einzige Ventil ihrer Gefühle waren die Tränen, die ihre Wangen entlang rannen.

Ihr war nicht ganz klar, was jetzt auf sie zukommen sollte, auch wenn sie bereits schon ein Kind hatte. Mit allen Gefühlen, die sie nach dieser Botschaft empfand, schrieb sie ihrem Robin einen Brief, der diese Nachricht enthielt.

Als Annalena am Abend zu Hause vor dem Spiegel stand und sich ansah, fühlte sie sich alt, verbraucht und schien nicht mehr sie selbst zu sein. Etwas veränderte sich in ihr, das sie nicht begreifen konnte. Wo war nur all ihre Lebenslust geblieben?

Es erschien ihr so, als ob sie alles in ihrem Leben erreicht hatte, was sie sich je vorgenommen hatte und nun stand ein weiteres Familienmitglied in ihrer Planung. Wie sollte ihr Körper das nur in dem momentanen Zustand aushalten?

Bei der Schwangerschaft ihres Jonas war sie sich so sicher, dass alles gut gehen würde. Doch bei ihrer Tochter erschien ihr die Schwangerschaft eher als eine Prüfung. Im Moment fühlte sie sich jedenfalls nicht dazu im Stande ein gesundes Kind in sich tragen zu können und völlig allein auf sich gestellt zu sein. Doch trotz allem versuchte sie eine alt bekannte Freundin zu erreichen und verabredete sich mit ihr. Sie hieß Nina und war eine ihrer besten Begegnungen, die sie je in ihrem Leben gemacht hatte. Manchmal, durch den alltäglichen Stress, trennten sie sich ihre Lebendwege von einander. Doch Nina jubelte vor Freude am anderen Ende des Telefons, als sie von Annalenas freudiger Nachricht erfuhr, sodass sie sie schon bald besuchen kommen und ihr für längere Zeit Gesellschaft leisten wollte. So kam es, dass Nina an einem Mittwoch, um die Mittagsstunde an Annalenas Tür klingelte.

33.

Als Nina sich für einen längerfristigen Besuch bei ihrer besten Freundin Annalena Frei genommen hatte und im Auto saß, versuchte sie sich vorzustellen, wie ihre Jugendfreundin jetzt wohl aussah und besonders neugierig war sie auf den kleinen Jonas, den sie bisher nur von Fotos kannte. Laut Annalena war er ein Engel und die Seele der Familie.

Ihr war klar, dass es ihrer Freundin absolut nicht gut ging, wenn sie sie schon darum bat zu ihr zu kommen. Denn Annalena war eine starke Frau und würde sich niemals in ihrer Persönlichkeit untergraben lassen. Was allerdings nun in ihr vorgehen mochte, konnte Nina nicht einmal erahnen.

Am Telefon klang Annalena erschöpft und traurig, sodass sich Nina wirklich große Sorgen machte und sich entschied sobald wie möglich zu ihr zu fahren. Sie wusste nur, dass sich Robin, aufgrund seiner Karriere, ein Jahr von ihr getrennt hatte und bisher hatte Nina gedacht, dass Annalena diese Zeit gut überstehen würde. Denn wenn sich jemand absolut niemals von einem Mann abhängig machen wollte, dann war es ihre beste Freundin.

Die Dämmerung trat ein, als Nina sich noch etwa eine halbe Stunde vor ihrem Ziel befand und in den Dörfern und Städten, die sie durchfuhr, die Lampen ihr Licht am Straßenrand entfachten. Durch die leeren Straßen gelang es ihr die letzte Etappe in kurzer Zeit hinter sich zu lassen und parkte ihr Auto in einer kleinen Nebengasse, nicht weit entfernt von dem Haus, in dem Annalena wohnte.

Als sie vor der Tür stand, kam ihr die Idee Annalena lieber auf dem Handy anzurufen, statt zu klingeln. Denn sie wollte den kleinen Jonas nicht wecken. Das würde sonst nur eine schlaflose Nacht bedeuten und das wollte sich Nina ersparen.

Als Annalena ihr die Tür öffnete, erschrak Nina und es durchfuhr sie ein schreckliches Gefühl, dass sie weder beschreiben noch benennen konnte. Sie hatte sich erhofft, trotz ihrer Sorge, um ihre Freundin, einer frischen, lustigen und lebensfrohen jungen Frau zu begegnen, deren blonder Schopf und blaue Augen förmlich vor Energie sprühten. Allerdings war diese Frau, die vor ihr stand das komplette Gegenteil.

Annalena war in einen dunkelblauen Bademantel eingehüllt. Sie stand mit völlig zerzausten Haaren und tiefen Augenringen, die Nina verrieten, dass es gar nicht gut um ihre Freundin stand, vor ihr. Die Sorgen, die sich Nina um ihre beste Freundin gemacht hatte, schienen berechtigt gewesen zu sein. Anscheinend wurde es höchste Zeit, dass Annalena endlich jemanden um sich hatte, dem sie vertraute und der sie kannte.

Eine erschöpfte Umarmung galt als Begrüßung und Nina ließ sich hereinbitten und sich die Wohnung zeigen. Gemeinsam saßen sie noch im Wohnzimmer auf der Couch, jeder mit einer Tasse Tee und Nina hatte beschlossen ihre ganze Aufmerksamkeit auf Annalena zu richten. Sie sah aus, als würde sie ihren Lebensmut verlieren und abgenommen hatte sie auch enorm. Das kannte sie von Annalena gar nicht. Sie war immer eine korpulente, energische Frau gewesen, deren Statue ihrer inneren Person Ausdruck verlieh.

Nun hatte Nina allerdings den Eindruck, als säße sie vor einem Häufchen Elend. Die Nachricht, dass Annalena ihr zweites Kind erwartete, wurde Nina völlig nüchtern und freudlos überbracht. Annalena konnte diesem Wunder keine positiven Dinge abgewinnen. Nina hingegen freute sich riesig. Sie umarmte ihre Freundin mit aller Liebe und Annalena lehnte sich mit ihrem Kopf an ihre Schulter. Ihre Kräfte schienen versagt zu haben und es war kaum ein Wort aus ihr herauszubringen, stattdessen gestaltete sich der Abend in gehülltes Schweigen, um sie herum und Nina begann zu bemerken, dass ihre Freundin zu schwach war, um irgendetwas zu sagen, was ihr auf dem Herzen lag. Es würde wohl noch eine ganze Weile dauern.

Nina brachte Annalena ins Bett. Ihre erschöpfte Freundin sah nicht danach aus, als würde sie sich noch auf den Beinen halten können. Sie legte sie hin, deckte sie zu und legte sich daneben, um sie noch ein wenig zu beruhigen und um sich zu vergewissern, dass sie auch wirklich schlafen würde. Annalena sah wirklich danach aus, als würde sie das dringender brauchen, als je zuvor.

Als ein leises Wimmern aus dem Kinderzimmer erklang stand Nina leise auf. Sie wollte nicht, dass Annalena, als sie endlich eingeschlafen war, wieder aufstehen musste. Nina ging ins

Kinderzimmer und streichelte dem kleinen Jonas das Gesicht, sodass er gleich wieder einschlief bevor er merkte, dass sie nicht seine Mutter war. Noch in seinem Halbschlaf ließ er sich beruhigen und schloss die Augen mit einer gleichzeitig tiefen Ausatmung, die nach der gleichen Erschöpfung klang, wie bei Annalena. Selbst im Mondenschein sah Jonas wie sein Vater aus und Nina vermutete einen enormen Schmerz, der tief in Annalena saß, wenn sie bei jedem Anblick ihres Kindes an ihren Mann mehr als nur an Gefühle erinnert wurde. Er war das absolute Spiegelbild ihrer großen Liebe, die sie jetzt für eine gewisse Zeit verlassen wollte.

Nina nahm danach ihren Koffer aus dem Korridor und machte es sich auf der Couch im Wohnzimmer gemütlich. Liselotte schien zu wissen, dass Annalena Besuch erwartet hatte. Denn über einem Sessel lag sorgsam zusammengelegt etwas Bettzeug, das frisch bezogen war und nur noch ausgebreitet werden musste, bevor sie sich darin einkuscheln konnte. Es gingen ihr so viele Gedanken durch den Kopf.

Der erste Eindruck täuschte Nina fast nie und den, den sie heute bei Annalena hatte, schockte sie mehr, als sie es sich eingestehen wollte. Auf dem Nachttisch neben Annalenas Bett lagen mehrere Briefe und sie vermutete, dass sie alle von Robin stammten. Völlig in Gedanken versunken schlief Nina vor Müdigkeit doch noch ein, auch wenn sie sich wie ein kleines Kind mit ihrem Verstand dagegen wehrte. Es half nichts.

34.

Als Annalena am Morgen aufwachte, bemerkte sie, dass sie in ihrem Bett lag und gar nicht mehr wusste, wie sie hinein gekommen war. Sie saß doch am vergangenen Abend noch mit Nina im Wohnzimmer. Da fiel es ihr wieder ein. Nina war gekommen und sie schlief immer noch. Annalena zog sich schnell an und wusste nicht, warum es so unheimlich still in der Wohnung war. Irgendetwas musste passiert sein und dunkel war es in ihrem Schlafzimmer auch, denn der Rollladen wurde von irgendjemandem heruntergelassen.

Als sie ins Kinderzimmer ging, blieb sie starr vor Schreck stehen. In dem Kinderbettchen war nur das gemachte Bettzeug zu sehen, aber von ihrem Jonas war keine Spur. Sie ging weiter durch die Wohnung und noch immer war kein Mucks zu hören. Auf dem Schrank im Flur lagen Briefe neben ihrem Schlüssel, die noch nicht geöffnet waren.

Wie konnte Robin ihr so viele Briefe schreiben, wenn sie doch nur eine Nacht geschlafen hatte? Was war nur passiert? Als sie in die Küche ging und aus dem geöffneten Fenster Stimmen vernahm, schaute sie hinaus und sah Liselotte im Garten das Laub zusammenkehren und Nina saß mit Jonas an einem Tisch, auf dem ein großer Kürbis stand, in den sie versuchten mit einem Messer ein Gesicht einzuritzen. Jonas schien sichtlich ausgeglichen und lachte vor lauter Freude.

Wie lange hatte Annalena schon ihren Jonas nicht mehr lachen gesehen? Ihr Herz wurde plötzlich ganz warm und sie fühlte wieder die starke Verbindung zu ihrem Sohn. In ihrem Bauch wuchs ein weiteres Kind und irgendwie hatte Annalena endlich das Gefühl, sich darauf zu freuen.

Am liebsten hätte sie diesen Moment festgehalten und die Zeit sollte am besten still stehen bleiben, damit dieses Bild länger in ihrem Gedächtnis eingespeichert werden konnte.

Annalena ging langsam aus der Haustür hinaus und hinunter in den Garten. Es war sichtlich kühl draußen und sie war froh, doch noch ihre Fleecjacke angezogen zu haben. Sie stand am Hofeingang und ein Lächeln ließ endlich wieder ihre Grübchen zum Vorschein kommen.

Was war nur geschehen, dass sie das alles hatte von sich abgewehrt und sie sich nur in ihre Trauer gehüllt hatte?

In ihrer Hand hielt Annalena die noch ungelesenen Briefe von ihrem Robin.

35.

Nina wachte am nächsten Morgen auf und wollte Annalena wecken. Als sie ihre Stirn berührte, wusste sie, dass Annalenas Körper streikte. Ihre beste Freundin lag mit hohem Fieber, dass auf ihrer Stirn Schweißperlen hinterließ, im Bett. Sie war auch nicht wachzubekommen. Sie sprach ständig in ihrem Fieberwahn von Robin und rief nach ihm. Nina stürmte zu Liselotte, die bereits in der Küche das Frühstück vorbereitete und ließ sich von ihr die Adresse von Annalenas Hausärztin geben.

Am Telefon versuchte Nina den Zustand von Annalena zu schildern und war sichtlich erleichtert, als die Ärztin um die Mittagsstunde zu einem Hausbesuch kam.

Die Ärztin setzte sich neben Annalena aufs Bett. Als sie die Augen aufschlug, hatte Annalena einen angsteinflößenden, glasigen Blick, der Nina einen Schauer über den Rücken laufen ließ.

Nina ließ die Ärztin mit Annalena allein und kümmerte sich währenddessen um Jonas, der anscheinend alles spürte, was in seiner Mutter vorging. Als Nina den kleinen Jungen bei Liselotte in der Küche lassen konnte und sie ihm etwas zum Frühstück gab, ging sie wieder in das Zimmer von Annalena. Die Ärztin empfahl Nina ihrer besten Freundin in einem Wachzustand immer wieder Flüssigkeit einzuflößen. Jeden Tag wollte die Ärztin kommen und nach Annalena sehen. So lange würde sie Annalena etwas zur Beruhigung und gegen die

Schmerzen spritzen. Nina sollte ihre Freundin jedoch ständig im Auge behalten und sobald es schlimmer werden würde, sollte sie die Ärztin informieren.

Nina gehorchte aufs Wort und machte Annalena immer wieder kalte, feuchte Umschläge, um das Fieber zu senken. Fast drei Tage lang lag ihre Freundin so verwirrt und entkräftet im Bett. Doch als sich am zweiten Tag bereits eine kleine Besserung erkennen ließ und Annalena nicht mehr ganz so viele Umschläge brauchte, atmete Nina auf. Sie hatte solch große Angst um Annalena. Nun wusste sie, dass sie wieder gesund werden würde, auch wenn das Fieber noch eine gewisse Nachwirkung auf Annalenas Herz haben sollte. Die Schwangerschaft und das Fieber in Kombination mit Annalenas Trauer um Robin schienen ihren Körper außer Gefecht zu setzten.

Somit vergingen drei ganze Tage der Ungewissheit. Als sie im Hof mit Jonas und Liselotte ihren Spaß hatte und ihr Blick zur Tür wanderte, strahlte sie über beide Ohren. Es war ihre Annalena, die da im Hofeingang stand. Nina sprang auf und stütze sie. Noch immer war Annalena etwas wacklig auf den Beinen und half ihr in den Schaukelstuhl, den sie extra für Annalena in den Garten gestellt hatten.

Annalena war gerührt und als Jonas sie ansah, schien für sie alle die Zeit für einen Moment still zu stehen. Bis Jonas seine Arme ausbreitete und „Mama" sagte.

36.

Als Annalena ihren kleinen Jungen sah, der mit seinen ausgebreiteten Armen nach ihr greifen wollte und nun endlich das erste Mal in seinem Leben „Mama" sagte, wusste sie, dass etwas passiert sein musste, das außerhalb ihrer Wahrnehmung lag. Nachdem sie ihren Sohn in die Arme nahm und ihm einen dicken Schmatz auf den Bauch gab, lachte er laut auf und sie setzte sich in ihren Schaukelstuhl. Nina berichtete ihr, was sich in den vergangenen Tagen zugetragen hatte.

Annalena konnte es nicht glauben, dass sie drei Tage lang nicht mitbekommen hatte, was um sie herum und vor allem, was mit ihr geschah. Jedoch war es vielleicht auch besser so. Annalena war sichtlich froh, dass ihre beste Freundin da war und sich um alles gekümmert hatte. Was wäre bloß gewesen, wenn Nina nicht in dieser Nacht gekommen wäre? Gott schien doch noch immer ein Auge auf sie und ihre Familie zu haben und indem sie sich langsam im Stuhl zurücklehnte, dankte sie ihm im Inneren von ganzem Herzen dafür.

Noch immer fühlte sie sich etwas benommen und schwach. Doch Liselotte hatte eine kräftige Brühe gekocht, die sie bald wieder zu Kräften kommen lassen sollte. In aller Ruhe aß Annalena die Suppe und genoss den ganzen Tag in ihrem Garten, in dem die Bäume langsam aber sicher die Blätter verloren, die scheinbar von einem Maler bunt angemalt worden waren und seit einer Ewigkeit fühlte Annalena in sich wieder Hoffnung aufblühen. Sie öffnete die Briefe von Robin und genoss jedes Wort, das er schrieb. Er hatte keine Ahnung, was passiert war, aber er liebte sie und dass spürte Annalena beim Lesen jedes Briefes.

Während der nächsten Wochen warteten noch einige Nachuntersuchungen auf Annalena, aber alles in allem kam sie, wie sie meinte, wieder zu ihrem ursprünglichen Lebenswillen zurück. Jeden Tag ging sie ein Stück weiter mit Nina und Jonas spazieren. Es war ein so beruhigendes Gefühl, dass sie jemanden in ihrer Nähe hatte, der sich um sie sorgte und ihr nah stand. Auch für Robin schien die Antwort von Annalena auf seine Briefe ein Trost zu sein. Da er in der Annahme war, dass Annalena ihm nicht verziehen hatte, dass er sich für diese Reise entschied.

Durch ihren Bericht von der letzten Zeit war er einerseits beruhigt, dass sie ihn immer noch liebte, aber er hatte auch Angst und machte sich Sorgen um sie. Annalenas Talent Briefe zu schreiben, war wahrhaft überwältigend und ein Geschenk des Himmels für Robin.

Während sich Nina um Annalena kümmerte und ihren Urlaub noch für sie verlängerte, wusste Annalena gar nicht, wie sie sich dafür bedanken und erkenntlich zeigen sollte. Für jeden Atemzug, den Nina für sie tat, hätte sie sich am liebsten bei ihr bedankt. Doch Nina hielt es für selbstverständlich, dass sie ihre Freundin unterstütze, was Annalena allerdings anders sah. Nina hatte das Gefühl beweihräuchert zu werden und

Annalenas einziger Kommentar dazu war, dass sich Geräuchertes besser halten würde. Sie hatte eben schon immer in den schwierigsten Situationen ihren Humor behalten. Vielleicht war es das, was Nina so an ihr mochte. In ihren Augen war Annalena eine Frau, die stets kämpfte, egal welches Schicksal sie auch ereilte und sie immer nach vorne schaute.

Es war schwer für sie ihrer Freundin zu beschreiben, warum sie all das für sie tat und doch hatte sie eines Tages den Versuch gewagt es Annalena zu erklären, indem sie ihr sagte, dass sie ihr ans Herz gewachsen sei.

Das war ein Satz, den Annalena nur schwer annehmen konnte. Denn sie war immer der Meinung schwach zu sein. Da war Nina jedoch anderer Ansicht. Für sie war Annalena eine absolute Powerfrau. In ihren jungen Jahren hatte sie bereits so viele Verluste erlebt und solch tief einschneidende Lebenserfahrungen gemacht, dass sie sie dafür hoch achtete, wie sie damit umging. Es war für Nina schleierhaft, wie Annalena all das schaffen konnte und wie sie stets die Höhen und Tiefen durchlief, ohne sich davon erdrücken zu lassen. Es war ihre Freundin Annalena, die Nina stets immer wieder Mut machte und ihr zeigte, dass es im Leben immer weiter geht.

37

Während der nächsten Monate wuchs in Annalena die Freude auf das zweite Kind. Sie hielt alle ärztlichen Anweisungen ein und das war in Ninas Augen schon ein Wunder, denn ihre Freundin war nur selten von der Vernunft der Ärzte überzeugt. Der Herbst verging schnell und gemeinsam bastelten sie mit Jonas kleine Männchen aus Kastanien, die sie beim Spaziergang gesammelt hatten.

Die Dekoration des Kinderzimmers gestaltete Annalena mit getrockneten und gepressten Blättern, die Jonas besonders hübsch fand und klebte sie ans Fenster. Einen kleinen Papierdrachen befestigte sie mit einem langen Faden an der großen, runden Lampe an der Decke. Es bereitete allen so viel Freude, dass sie auch Robin daran teilhaben lassen wollten und steckten ihm in verschiedene Briefe ein paar von ihren gepressten Blättern, die Jonas aussuchen durfte.

Aus den Kürbissen des Gartens bereiteten sie nach einem Rezept von Lieselotte Kürbissuppe und Marmelade zu. Es war ein großer Spaß zuzusehen, wie sich Jonas dabei beschmierte, als er versuchte allein mit dem Löffel zu essen oder das Brot mit der Kürbismarmelade immer wieder aus seinen Händen glitt und sein Mund ringsherum damit beschmiert war. Nina hielt das alles fest und ließ ihren Fotoapparat nicht aus der Hand. Die gesamten Fotos ließ sie entwickeln und gemeinsam suchten sie einige aus, die besonders schön waren und schickten sie zu Robin nach London, wo er sich gerade mit seinem Theater befand.

Robin wusste vor lauter Arbeit weder ein noch aus und noch dazu waren seine Englischkenntnisse nicht wirklich ausreichend, damit er den Leuten erklären konnte, was er eigentlich von ihnen wollte. Als er wieder einmal spät Feierabend hatte und in sein Hotelzimmer zurückkehrte, lag bereits ein Brief auf seinem Tisch. Es war ein Brief von Annalena mit Fotos und gebastelten Sachen von Jonas, Nina und ihr. Er musste lachen und weinen zu gleich, als er die lustigen Fotos von ihnen betrachtete und er war froh, dass sie alle so viel Spaß hatten, obwohl er nicht bei ihnen sein konnte. Als Robin von den schweren Tagen erfahren hatte, die Annalena ihm berichtete, hatte er vor lauter Sorge kaum essen und schlafen können. Dass sie nicht auf seine Briefe antwortete, verhieß nichts Gutes in seinen Augen. Doch nun war alles geklärt. Diese Zeit war vorbei. Trotz allem hatte Robin immer noch Bedenken, was ihre Gesundheit betraf. Nun hielt er allerdings das Foto in der Hand, auf dem Jonas völlig beschmiert ein Marmeladenbrot in der Hand hielt und versuchte allein zu essen, wobei Annalena lachend daneben stand. Sein Sohn schien sehr gewachsen zu sein und Robin war etwas traurig darüber dies alles nicht miterlebt zu haben, aber er hatte sich nun einmal entschieden und jetzt war es wie es war.

Auf dem Foto sah Robin Annalenas gewachsenen Bauch und freute sich schon darauf im nächsten Jahr seine kleine Tochter in die Arme schließen zu können und doch, irgendetwas trübte die Freude des Fotos und bei genauerer Betrachtung fiel es ihm auf, was anders war. Zwar hatte Annalena die besten Annzeichen für ihre Schwangerschaft. Im Gesicht hingegen waren ihre Augen noch immer von tiefen Ringen untermauert und auch ihr Gesicht sah verbraucht und abgekämpft aus. Es hatte fast den Anschein, als wenn sie im Gesicht eingefallen und abgemagert war. Noch nie wäre ihm so etwas aufgefallen, aber als er das Foto von Jonas und ihr neben das der Familie stellte, war im klar geworden, dass er sich nicht getäuscht hatte. Sie war eben nicht gesund und er hoffte, dass ihr die Schwangerschaft nicht allzu sehr zusetzten würde.

38.

Die kommende Weihnachtszeit gestaltete Annalena mit Liselotte und Jonas sehr intensiv. Nina war inzwischen wieder abgereist und wollte im Januar wieder zu ihr kommen. Bis dahin musste sie aber vorerst wieder arbeiten.

Das Plätzchenbacken wurde sehr interessant für Annalena, denn Jonas wollte immer wieder davon laufen, denn die Wohnung schien immer wieder eine Erkundung für ihn wert. Alles erschien ihr wie ein Traum und eine Freude. Der erste Schnee war für Jonas das absolute Highlight. Er wollte den Schnee am liebsten Essen und war vollkommen überrascht, dass er in seinen warmen Händen schmolz und kalt war. Sie bauten einen kleinen Schneemann im Hof und Annalena holte noch einen alten Hut und ein paar von den verkohlten Plätzchen, die als Knöpfe dienten. Ihre Ärzte waren ebenfalls mit dem Verhalten von Annalena und dem Verlauf ihrer Schwangerschaft einigermaßen zufrieden und als sie am vierten Advent zu ihren Eltern fuhr, war sie schon ganz gespannt. Denn ihre Familie erweiterte sich durch einen Welpen, den sich ihr Vater angeschafft hatte und der für Jonas wohl ein toller Spielgefährte sein konnte.

Wie schnell doch dieses Jahr verging. Die Zeit schien für Annalena schneller zu vergehen, als je zuvor in ihrem Leben.

Da Jonas nun schon laufen konnte, wollte er auch unbedingt die Welt erkunden und Annalena war froh, dass sich ihre Eltern und vor allem ihr Vater so herzlich mit ihm beschäftigten und ihm mit aller Geduld die Sachen erklärte, die Jonas so faszinierend fand. Auch das Schlittenfahren schien ihm sehr viel Spaß zu machen und seine ersten Erfahrungen mit einem Hund, der ausnahmensweise einmal kleiner war, als er selbs,t schien ihn zu begeistern und Annalena bemerkte, dass Hunde- und Kinderaugen wohl beide niemals ein „Nein" über ihre Lippen bringen mochten.

Es war für Annalena ein beglückendes Gefühl wieder im alten wohlbekannten Kreis der Familie zu sein, auch wenn sie ihre Gedanken an Robin kaum abwehren konnte. Ihr Verstand hätte sie noch zermürbt, wäre ihr Mann nicht immer für eine Überraschung gut.

39

Robin war es allmählich Leid sich mit den Menschen um sich herum nur auf Englisch unterhalten zu können. Es fehlte ihm seine Heimat und nichts konnte ihn wirklich glücklich machen, auch wenn es schön war im Ausland seiner Karriere Ausdruck verleihen zu können. Noch immer schrieb er jeden Tag an seine Annalena und stellte sich stets vor, wie sie wohl reagierte, wenn sie seine Zeilen las. Das war das Einzige, was ihm ein Lächeln auf die Lippen zeichnen konnte.

Mittlerweile befand er sich in Rom und über Weihnachten wollten sie nach Moskau. Noch heute mussten sie zusammenpacken und am nächsten Tag sollten sie in den Flieger steigen. Wie er es satt hatte stets in einem Hotelbett zu schlafen. Er vermisste sein zu Hause wirklich sehr und auch wenn er es zuvor niemals zugeben wollte, musste er es sich nun eingestehen, dass die Karriere die eigene Familie nicht ersetzten konnte. Robin fühlte sich so allein zwischen den vielen Menschen, die ihn umgaben, dass das in ihm die Vergangenheit ins Gedächtnis rief, als er sein erstes Weihnachtsfest ohne seine Eltern im Kinderheim feiern musste, obwohl damals von einer Feier wohl kaum die Rede sein konnte, auch wenn sich die Betreuer alle Mühe gaben. Daran wollte er aber eigentlich absolut nicht denken und auch sein Chef hatte ihn schon darauf angesprochen, was mit ihm los sei, da Robin seit Tagen nichts mehr gegessen hatte und ständig aussah, als würde er nachts kein Auge zu tun. Sein Chef wusste eben, was diese Zeichen bedeuteten.

Robin schien völlig von der Arbeit übermüdet und ausgelaugt zu sein und sein Vorgesetzter war der Meinung, dass er dringend eine Erholung bräuchte, bloß wusste noch niemand, wie diese Erholung für ihn aussehen sollte. Am Nachmittag des dreiundzwanzigsten Dezembers erhielt Robin einen Anruf und ihm wurde gesagt, dass sich der Aufenthalt in Rom noch verlängern würde, da es im Moment Probleme mit der Unterkunft in Moskau gab und sie erst im Neujahr anreisen konnten. Diese Nachricht kam ihm jetzt genau richtig. Robin setzte sich an seinen Computer und erkundigte sich noch nach einem Flug nach Deutschland, damit er Heiligabend bei seiner Annalena sein konnte. Das wäre die einzige Chance sich wieder etwas zu regenerieren. Nachdem er einen Flug gefunden hatte, kündigte er bei seinem Chef seinen Urlaub an und berichtete ihm, dass er im neuen Jahr direkt nach Moskau reisen würde, um sich für die nächsten Aufführungen dort einzufinden. Sein Chef reagierte scheinbar mit Erleichterung für die Umstände und Robins Vorhaben. Denn auch er wusste, was es hieß, überarbeitet zu sein. Es würde sonst nur die Gefahr bestehen, dass die nächsten Aufführungen ins Wasser fallen würden und zwar entweder wegen Krankheit oder wegen Unkonzentriertheit des Dirigenten.
Noch am selben Abend wollte er Annalena die Nachricht seiner Ankunft übermitteln, doch er ließ es dann doch sein.

Er wollte sie überraschen und sich die Vorfreude nicht nehmen lassen..

40.

Annalena stiefelte allmählich und behutsam durch den Schnee und sah den Schneemann, den sie mit Jonas und ihrem Vater zusammen vor der Haustür gebaut hatten. Die Luft in dieser Gegend schien ihr eine völlig andere zu sein, als in der Stadt. Als sie tief ein- und ausatmete ließ ihr Atem eine Wolke vor ihrer Nase erscheinen. Sie genoss diesen Abend sehr, auch wenn sie ihren Robin vermisste. Trotzdem wollte sie sich von ganzem Herzen diesem Fest widmen. Der Spaziergang tat ihr gut und sie wollte noch nicht wieder ins Haus gehen, auch wenn sie etwas fror. Dieser Moment der Stille und der Anblick des Mondlichts waren zu schön, um schon jetzt wieder in die Wärme zu gehen. Annalena sah in den vollen runden Mond, der aussah, als wäre er ein Käse. Sie musste daran denken, wie sie als Kind annahm, dass die Krater im Mond nur zustande kamen, weil die Mäuse, die auf dem Käse wohnten, an ihm knabberten. Völlig in der Erinnerung versunken lächelte sie still in sich hinein. Wie sehr Kinderaugen doch die Sicht der Erwachsenen erweitern konnten. Auch ihr Jonas zeigte ihr jeden Tag, für welche Dinge sie im Leben ihre Augen verschlossen hatte und er gab ihr die Möglichkeit etwas weniger an dem Ernst des Lebens kleben zu bleiben. Die Welt war schließlich bunt und schön.

Annalena legte die Hand auf ihren Bauch, denn ihr kleines Mädchen hatte sie einmal wieder durch einen heftigen Tritt daran erinnert, dass auch sie bald die Familie vervollständigen würde.

Als Annalena den Berg hinaufging und jeder Fußstapfen im Schnee vor Kälte ein Knirschen hinterließ, blieb sie für einen Moment stehen, um etwas zu verschnaufen. Sie stütze die Hände in die Seite und hob ihren Kopf. Ihr Blick wanderte vom Boden zum Berg hinauf und zum Gipfel, wo ihr Elternhaus stand. Dort war eine Gestalt zu sehen. Annalena hätte diese Statue eines Menschen unter tausenden erkannt und obwohl es finster war, wusste sie, dass diese Person nur ihr Robin sein konnte. Aber wie konnte er hier sein? War es vielleicht doch nur eine Täuschung durch ein Schattenspiel? Er hatte ihr doch nichts von seinem Vorhaben sie zu besuchen erzählt. Und doch; er war es. Es war absolut kein Traum. Noch bewegte sich ihr Brustkorb aufgeregt und schnell auf und ab, aber jetzt nicht vor Erschöpfung, sondern vor Freude.

Robins Überraschung schien gelungen zu sein, als er und Annalena gemeinsam mit der Familie unter dem Weihnachtsbaum saßen und er sie in den Armen hielt, während Jonas mit dem kleinen Welpen spielte. Langsam begriff er, dass er einen riesigen Fehler gemacht hatte und seine Familie ihm nur das geben konnte, was er bisher vermutete im Ausland zu finden. Die wahren, wichtigen Dinge waren doch scheinbar näher, als er glaubte.

Und doch, Robin schien es nicht entgangen zu sein, wie sich seine Annalena verändert hatte. Wie sehr sie gelitten hatte,

141

konnte er nur erahnen und es löste in ihm ein solch schlechtes Gewissen aus, dass er sich am liebsten dafür verflucht hätte.

Am Abend nach dem Kirchgang brachte er das erste Mal seit fünf Monaten seinen Sohn wieder ins Bett. Er war bereits auf dem Rückweg von der Christmette im Auto eingeschlafen und lag nun in seinem Bett, das Annalenas Eltern extra für ihn gebaut hatten und ins Gästezimmer stellten. Er gab ihm noch einen Kuss auf die Stirn und ging danach zu seiner Frau ins Bett. Er berührte sie mit einem sanften, zarten Streicheln. Sie lehnte sich an seine starke Brust und schon bald atmete sie ruhig und gleichmäßig. Robin war froh wieder zu Hause zu sein und sah im Mondschein Annalenas Gesicht, wie es sich allmählich entspannte.

Sie sah trotz ihrer Schwangerschaft aus, als hätte sie abgenommen. In ihrem Gesicht stand förmlich geschrieben, dass ihr das zweite Kind schon jetzt mehr zu schaffen machte, als er es vermutete.

Die Briefe, die sie ihm schrieb, schienen ihm nun mehr förmlich untertrieben. Sie wollte ihn wohl nicht beunruhigen. Er kannte nun einmal seine Frau und bei all ihrer Bescheidenheit war er unsicher, ob sie ihn jemals wirklich und vollkommen an ihrem Befinden teilhaben lassen würde. Noch immer war sie manchmal für ihn, wie ein Buch mit sieben Siegeln.

Das Weihnachtsfest verging sehr schnell und Annalena schien sich in Robins Gegenwart schneller zu erholen, als sie dachte. All ihre Wünsche nach Liebe, Geborgenheit und Wärme waren durch Robin erfüllt worden. Sie spürte förmlich, wie die Kraft in ihren Körper zurückkehrte und sie durchflutete. Es waren noch ein paar Tage bis Silvester und Robin fuhr an diesem Tag noch schnell am frühen Morgen in einen großen Einkaufsmarkt und besorgte ein paar Fingermalfarben. Er wollte mit Jonas heute seiner Annalena eine Tüte Spaß schenken und so kam es dazu, dass er hinterm Steuer und Jonas neben ihm im Kindersitz unterwegs waren.

41.

Seine Frau hatte an diesem Morgen noch tief und fest geschlafen und da wollte er sie nicht wecken. Jonas war allerdings schon wach und bevor sie beide zu viel herumalbern würden und Annalena geweckt hätten, schlichen sie ganz leise aus dem Zimmer und machten sich fertig für die kleine Fahrt. Jonas erfreute sich sehr an dem gemeinsamen Ausflug und besonders gut gefiel es ihm, als er im Sitz des Einkaufswagens saß und Robin mit ihm durch die Gänge flitzte. Das hätte er schon viel früher machen sollen. Jona's Lachen fehlte ihm so sehr und wie er gewachsen war, seit er weg war. Robin kam es so vor, als hätte er das Wichtigste in seinem Leben immer verpasst.

Noch dazu wusste Robin, weder wie er seine Gefühle äußern konnte, noch wie er Annalena im Gegensatz zu ihrer Familie sah. Anscheinend war seine Frau völlig anders herum gestrickt, als der Rest ihrer Verwandtschaft. In seinen Augen war sie authentisch. Eine Frau und zwar eine starke Frau, die sich nicht über alles auf der Welt aufregte, sondern die Ärmel hochkrempelte und etwas dafür tat, damit sich etwas auf der Erde änderte. Sie war es, die nur selten völlig ausrastete und die versuchte jeden und alles zu verstehen. Dazu analysierte sie immer beide Seiten der Medaille. Ihr Empathievermögen war wirklich kaum zu übertreffen. Sie ließ sich auch in den schwersten Zeiten nicht von ihren Träumen abhalten. Und schon jetzt hatte Jonas etwas von ihr gelernt, was manche

Menschen nicht einmal mit fünfzig Jahren gelernt haben, nämlich, an sich zu glauben und immer alles auszuprobieren, um seinen Traum zu verwirklichen. Sie war es, die dafür stand, dass das Unmögliche möglich gemacht werden konnte. Mit ihren jungen Jahren hatte Annalena es geschafft, ohne eine Gesangsaubildung, im Theater Opern und Operretten im Chor mitzusingen, ihr Abitur zu machen und eine Familie zu gründen. Sie war ein Zeichen der Hoffnung und auch wenn sie oft an sich zweifelte, stand sie immer wieder auf, wenn sie gefallen war. Und nach einer Bedenkzeit, fasste sie neuen Mut und startete einen neuen Weg, wenn sie sich in einer Sackgasse befand. Annalena war eben doch anders, als die meisten Menschen. Vermutlich war es genau das, was Robin so sehr an ihr liebte.

Selten vertraute Annalena Robin an, dass sie das Gefühl hatte gegen Windmühlen zu kämpfen. Auch gegenüber ihrer Familie hatte sie sich nur ein Mal auf diese Weise geäußert. Ihr größter Wunsch, und das wusste Robin genau, war es von ihrer Familie akzeptiert zu werden und das Gefühl vermittelt zu bekommen, für die Person, die sie war, geliebt zu werden. Das war nicht immer leicht. Denn die Vergangenheit kann man nun einmal nicht ändern, indem man die Zeit zurückdreht. Und es kommen in jeder Familie schwierige Phasen vor, auch wenn die Zeit alle Wunden scheinbar heilen kann.

Robin konnte zu Beginn ihrer Beziehung nicht verstehen, dass es nicht funktionieren konnte, dass Annalena von ihrer

Familie geliebt wurde. Er verstand nicht, dass sich Eltern so weit von ihrer eigenen Tochter entfernen konnten und doch, jetzt begann er nicht nur Annalena zu begreifen, sondern auch seine Beziehung zu Jonas. Er war fünf Monate nicht bei ihm gewesen und schon jetzt hatte Robin das Gefühl sich von ihm entfremdet zu haben. Darum schwor er sich, nie wieder eine solche Reise anzunehmen. Er wollte nicht den Kontakt zu seinem Sohn in Gefahr bringen. Denn er wusste, dass er sich bald auf die eigenen Wege begeben würde. Mit seinen wachen Augen und der Zuversicht sowie der Liebe, die ihm Annalena vermittelte, wirkte Jonas bereits jetzt schon, wie ein selbstbewusstes Kind. Wie schaffte es seine Frau nur immer wieder, die Kraft nicht nur für sich selbst, sondern auch für alle Menschen in ihrem Umfeld zu finden? Er hatte sie nur einmal erlebt, als sie sich nicht um andere kümmern konnte und wollte und das war zu Zeiten ihres Krankenhausaufenthalts, als sie mit Jonas schwanger war. Damals drehten sich ihre Gedanken scheinbar nur um ihre Gesundheit und das ist mehr als nur normal und doch, irgendwie hatte sie sich auch um ihn und Jonas gekümmert. Selbst in diesem Augenblick hatte Annalena ihre Liebe mit ihnen geteilt und während der Zeit nach ihrer Entbindung hatte Robin sie immer wieder erlebt, wie sie mit einer Freundin telefonierte, die jemanden brauchte, um ihr Herz auszuschütten.

Trotz allem hatte Annalena niemals ihre eigene Familie vergessen und erkundigte sich stets nach Robins befinden. Sie war es, die mit ihrem Übermut ihm Wege aufzeigte, an die er gar nicht mehr gedacht hatte. Oder sie war es auch, die ihm beigebracht hatte, dass auch er weinen durfte, ohne dass sie ihn jemals dafür verurteilte.

Sie war eine wunderbare Frau und er freute sich schon jetzt drauf heute mit seinem Sohn ihren Bauch zu bemalen, in dem seine Tochter eifrig heranwuchs. Es war das mindeste wenigstens wieder ein Lächeln auf ihre Lippen zu zeichnen, nachdem, was er ihr mit seiner Tournee angetan hatte.

42

Als Annalena im Halbschlaf mit geschlossenen Augen versuchte nach Robin zu tasten, erschrak sie darüber, dass sie ins Leere griff und öffnete die Augen.

Neben ihr lag ein aufgeschlagenes Bettzeug und auch ihr Sohn war nicht mehr in seinem Bettchen. Anscheinend unternahm ihr Mann etwas mit ihm gemeinsam.

Sie ging ins Bad und machte sich frisch. Das ganze Haus war leer. Ihre Eltern waren arbeiten und so genoss sie die Stille. Sie setzte sich in dem großen Wohnzimmer in einen Sessel und legte die Beine hoch, dazu spielte das Radio ein Lied von der Gruppe Revolverheld mit dem Titel „Spinner". Wie sehr sie nur diesen Song mochte. Er gab ihr das Gefühl die richtige Lebenseinstellung zu haben. Denn jeder Traum konnte in Erfüllung gehen, wenn man sich traut den Weg zu gehen, der dahin führt.

Sie lauschte dem Text und schloss die Augen. Vor ihrem Inneren erschienen all die Bilder ihrer Vergangenheit, als Menschen versuchten ihr ihre Wünsche und Träume auszureden und wie sie trotzdem gegen den Strom schwamm. Wie oft hatte sie sich dabei verloren, unverstanden und allein gelassen gefühlt? Es hatte sie immer eine Menge Kraft gekostet ihren eigenen Weg zu gehen und doch hatte sie es bis hierher geschafft. Auch wenn sie sich trotz ihrer jungen Jahre oft erschöpft und ausgebrannt fühlte. Sie war es, die so viele

Menschen eines besseren belehren konnte, indem sie authentisch war und sich nicht für andere verbogen hatte.

Jede Veränderung in ihrem Leben, die sie vollzog, geschah aus eigener Einsicht und sie war sich ganz sicher, dass dies auch der einzige Weg war, wenn sich Menschen wirklich ändern wollten. Nur durch die eigene Einsicht waren Veränderungen überall auf der Welt möglich, ohne dass man jemanden manipulierte. Gott hatte alles richtig gemacht. Wenn sie an seiner Stelle für einen Tag gehandelt hätte, hätte sie alles genauso gemacht, wie er selbst. Der Vater aller Menschen weiß nun einmal, was gut für seine Schützlinge ist und auch wenn seine Wege unergründlich erschienen mögen, haben sie bei der Betrachtung nach einem gewissen Zeitraum immer einen Sinn. Er war es, der ihr stets neue Kraft gab und sie im Traum in seine Arme nahm, um sie zu beschützen. Sie wusste es einfach, dass Gott es war, der sie und ihre Familie behütete, auch wenn sie es nicht erklären konnte. Doch Gott zeigte sich schon immer in ihrem Leben, durch die kleinen Wunder, wie zum Beispiel der Geburt ihres Sohnes gegen jedes ärztliche Verständnis oder auch die Ankunft ihres geliebten Robin an diesem Weihnachtsfest. Alles schien möglich zu sein, allerdings immer zu seiner Zeit und was sie wohl noch lernen musste, war, sich in Geduld zu üben, aber auch das würde sie irgendwann begreifen.

Annalena wusste, dass ihre Tochter wohl irgendwann ihr ähnlich sein würde. Sie hatte sie zwar noch nicht gesehen, aber sie vermutete, dass sie es war, die ihre eigene Familie vervollständigen und ausfüllen würde, wenn es ihr einmal schlechter gehen sollte, als in diesem Moment. Denn die Vermutung, dass etwas mit ihrem Körper nicht stimmte, machte Annalena zwar Angst, aber es schien realistisch zu sein. Etwas veränderte sich in ihr, was sie weder kannte, noch einschätzen konnte. Doch mit der Zeit würde sie schon noch erfahren, was es damit auf sich hatte.

43.

Als Robin Jonas seine mit Farbe bemalte Hand auf Annalenas Bauch drückte, um einen Abdruck zu hinterlassen, spürte Annalena die kalte und feuchte Farbe auf ihrer Haut. Sie bestrich ihre Hand ebenfalls mit grüner Farbe und drückte sie auf Jonas seinen Bauch. Er quietschte vor Freude, als er die Kälte spürte und es ihn kitzelte. Es war ein schöner Moment und ein tolles Gefühl unbeschwert vor sich hin zu albern bis Annalena ein leichter Schmerz durchfuhr und sie kurz die Luft anhielt, um sich nichts anmerken zu lassen. In letzter Zeit hatte sie dieses Gefühl schon öfter gehabt und es würde bald wieder vorbeigehen. Genau wie es bei den anderen Malen war. Sie wollte diesen Augenblick nicht zerstören.

Genau hier und jetzt hatten sich ihre Fragen des Lebens endlich beantwortet. Nun wusste sie, wo sie hingehörte. Ihr Ziel hatte sie erreicht, indem sie sich endlich in ihrer eigens gegründeten Familie angekommen fühlte.

In der Gegenwart von Robin und Jonas wusste sie, dass sie sich niemals verstellen musste und auch musste es kein andere von ihnen tun. In ihrem kleinen Reich konnte jeder sein, wie er war, völlig frei und unbefangen.

Das Wichtigste, was für Annalena galt, war die Ehrlichkeit. Nur sie machte ein Zusammenleben mit gegenseitigem Verständnis möglich. Niemals wollte sie, dass ihr Sohn oder ihre bald geborene Tochter oder auch Robin sich von ihr entfremden würden, weil sie sich unverstanden fühlten.

In ihrem Leben hatte sie zu oft erfahren müssen, was es für Schwierigkeiten und welchen Schmerz es bedeutete, sich unverstanden zu fühlen, nicht zu wissen wohin man gehört oder wohin man gehen sollte.

Sie konnte die Menschen nicht ändern, wenn sie keine eigene Einsicht erlangen würden, aber sie konnte versuchen es in ihrem Leben anders zu machen.

Sie wollte auch nicht mehr wissen, wer sie in ihrem Leben belogen hatte und wer sie verletzte. Diese Zeiten wollte Annalena endgültig hinter sich lassen. Nur noch sie selbst wollte sie sein und Annalena war glücklich darüber endlich all ihre Liebe, die sie in sich trug an ihre Familie übergeben zu können. Jeder von ihnen sollte daran teilhaben können.

Jetzt war sie angekommen und ruhte in sich. Nur das Robin im neuen Jahr wieder gehen würde, zerstörte ihr Gefühl des inneren Friedens und schon jetzt hatte Annalena Angst um ihn, dass ihm etwas passieren könnte und ihr wieder das genommen wird, was sie sich so hart erkämpft und erarbeitet hatte.

Annalena hatte solche Angst wieder im Leben zu stehen und nicht zu wissen, welchen Weg sie gehen sollte. Doch sie musste Robin gehen lassen können. Denn indem sie ihn festhielt, würde sie nur das Gegenteil von dem bezwecken, was sie wirklich wollte. Er war schon immer mit einem anderen Temperament unterwegs, als sie und anscheinend konnte er sich überall wie zu Hause fühlen. Allerdings schien sich auch das langsam zu ändern. Wie er sich voller Hingabe Jonas widmete, hatte ihr gezeigt, wie wichtig ihm das Familienleben war.

Robin fotografierte, wie ein kleiner Junger, mit aller Leichtigkeit und Freude die Kunstwerke, die sie gemeinsam gemalt hatten. Er sprang auf und ab und wollte aus allen Perspektiven Bilder erstellen, aus denen die ganze Vielfalt ihrer Kreativität hervorging.

Die Silvesternacht eilte förmlich in riesengroßen Schritten herbei. Und als sie gemeinsam am letzten Tag des alten Jahres um Mitternacht dick eingemummt auf dem Balkon standen und es nur noch weniger Sekunden dauerte bis sie ein neues Jahr beginnen würden, schauten beide zum sternenklaren Himmel, der sich wie ein dunkles Zelt mit vielen Lichtern über ihnen ausbreitete. Es schien, als ob die Sterne sie immerzu vereinen und beschützen würden.

Robin meinte in dieser Nacht zu seiner Annalena, dass das große Himmelszelt sie immer vereinen würde. Sie solle sich, wenn sie ihn vermisse, vorstellen, dass sie gemeinsam Zelten würden und er nur in einer anderen Ecke sitze und sie trotz allem zusammen seien.

Die große, alte Pendeluhr im Haus schlug zwölf und wie aus dem Nichts wurde das dunkle Blau über ihren Köpfen mit bunten Lichtern erhellt, sodass sie sogar den Fichtelberg sehen konnten. Sie hielten sich beide in den Armen und genossen den magischen Moment des Augenblicks.

44.

Annalena hatte in der letzten Nacht kein Auge zugekriegt. Denn immer, wenn sie schlafen wollte, träumte sie von ihrem Robin und doch, er war nicht mehr an ihrer Seite. Gleich zum Neujahr musste er wieder nach Moskau auf Arbeit, um die nächsten Aufführungen zu dirigieren und auch wenn er ihr schon seit einem Monat immer noch jeden Tag einen Brief schickte, war das für sie kein Trost über den Verlust, den sie empfand. Wenn sie auch sonst kaum noch etwas zustande gebracht hatte, an ihn musste sie in jeder freien Minute denken. Sie wusste, dass sie endlich den berühmten Tropfen im Meer gefunden hatte. Außerdem setzte Annalena die Schwangerschaft mit ihrer Tochter reichlich zu. Das Wasser in den Beinen und die dadurch entstehenden Schwellungen beanspruchten ihre Herztätigkeit sehr und nahmen ihr oft den Atem und jedwede Kraft. Auch die morgendliche Übelkeit, die eigentlich nach den ersten drei Monaten überstanden sein sollte, machte ihrem Namen weiterhin alle Ehre. Wenn sie all das Robin geschrieben hätte, hätte sie vielleicht vieles verhindern können, aber das wusste sie zu diesem Zeitpunkt noch nicht.

Annalenas beste Freundin Nina hatte sich bereiterklärt in den letzten drei Monaten ihrer Schwangerschaft für sie da zu sein. Wie sie das mit ihrer Arbeit vereinbaren konnte, wusste Annalena nicht. Sie sah ihre Freundin nur abends immer wieder noch bis tief in die Nacht an ihrem Computer schreiben und arbeiten. Und auch wenn Annalena oft ein schlechtes Gewissen hatte die Zeit und die Kraft ihrer Freundin zu beanspruchen, war es letztendlich genau das, was sie brauchte.

Annalena wusste es noch ganz genau. Es war an einem Freitag, sieben Wochen vor ihrem geplanten Geburtstermin und sie saß mit Nina bei einer Tasse dampfenden Tee auf der Couch und Liselotte hatte sich ebenfalls dazugesellt. Sie diskutierten und beratschlagten sich, wie das Mädchen wohl heißen könnte. Es gab einfach absolut zu viele schöne Namen, aber bisher hatten sie in all den Namensbüchern nicht den richtigen für ihre Tochter gefunden. Gemeinsam gingen sie die Frauennamen ihrer verschiedenen Familien durch bis Annalena endlich einen gefunden hatte, der ihr gefiel. Er war nicht zu alt, um es einem Kind schwer zu machen und er war nicht zu neudeutsch, um kompliziert und verwirrend zu sein. Annalena entschied sich für den Namen Margarethe.
Vollkommen zufrieden mit ihrer Entscheidung stießen sie mit ihrem Tee auf den Erfolg ihrer Namenssuche an und wie es sich in der Zukunft herausstellte, war es auch der perfekte Zeitpunkt dafür.

Als Annalena am nächsten Morgen aufwachte, spürte sie in sich ein gewisses Unwohlsein. Allerdings dachte sie nicht viel darüber nach und entschloss sich dafür den Tag etwas langsamer anzugehen. Doch ihrer Tochter schien ihr das

155

Leben wahrlich schwer zu machen. Immer schlechter bekam Annalena Luft und während sich ihr Brustkorb beim Ein - und Ausatmen hob und sank, spürte sie jeden Vorgang in ihrer Lunge und ihr Herz bohrte sich dabei tief in sie hinein. Es war ein Stechen von heftigem Ausmaß. Annalena spürte wie das Blut durch jede Kammer und jeden Vorhof von einer Herzseite zur anderen transportiert wurde. Nina und Liselotte hatten sich das den ganzen Vormittag über angesehen, aber um die Mittagszeit herum hatten sie beschlossen Annalena ins Krankenhaus zu bringen. Es war ihnen absolut nicht geheuer, wie sie bei jedem Atemzug ihr Gesicht vor Schmerzen verkrampfte.

In der Notfallaufnahme angekommen, erkannte Annalena Gott sei Dank die Schwester und ein paar von den Ärzten. Es war schließlich auch nicht ihr erster Aufenthalt in diesem Klinikum. Aber es war auch gut, wenn man sich gegenüber neuem medizinischen Personal nicht immer wieder erklären musste.

Annalena wurde sofort auf eine Trage gelegt und erhielt zur Erleichterung eine Atemhilfe, die wie eine Art Schlauch in ihre Nase geführt wurde, über den ihr Sauerstoff gegeben wurde. Ihre blauen Lippen zeigten schon jetzt, dass es höchste Zeit war sie dorthin zu bringen.

Nina war wirklich besorgt, um ihre Freundin. Sie hatte Annalena noch nie in einem solchen Zustand erlebt. Für sie war Annalena immer die Stärke in Person. Denn Annalena zeigte nie eine solche Schwäche. Darum bekam Nina Angst.

Annalena wurde noch den ganzen Nachmittag weiter untersucht. Ihr Herz schien die notwendige Leistung für Annalena und ihr Kind nur mit größtem Kraftaufwand zu schaffen. Sie sollte noch weiter unter Kontrolle bleiben und erhielt strikte Bettruhe verordnet.

45.

Annalena war sichtlich erleichtert, dass Nina ihrem sturen Kopf nicht nachgegeben hatte und sie ins Klinikum gefahren hatte. Wie schlecht es ihr wirklich ging, verstand sie erst, als sie endlich mit der Sauerstoffzufuhr erstmals das Gefühl hatte nicht zu ersticken.

Jetzt lag Annalena mit hoch gelagertem Oberkörper im Bett. Sie schloss die Augen und versuchte sich etwas zu entspannen. Das Schmerzmittel, was sie erhalten hatte, schien allmählich seine Wirkung in ihrem Körper freizusetzen. Sie spürte, wie sich ihre angespannten Muskeln langsam entspannten und sie eine Wärme von den Zehenspitzen, über die Beine und den Rücken, bis hin zu den Armen und den Nacken entlang durchfuhr. Es war ein wohlig warmes Gefühl von vollkommener Entspanntheit. Wie lange hatte sie dieses Gefühl schon nicht mehr in sich verspürt? Es war wie ein Segen und über diesem Gefühl schlief sie endlich ein.

Nina fuhr, nachdem Annalena in den besten Händen war, wieder zur Wohnung zurück. Jonas war völlig aufgelöst darüber, dass seine Mama nicht da war und Nina wusste nicht, was sie mit ihm machen sollte und wie und wo konnte sie nur Robin erreichen? Er sollte unbedingt vom Zustand seiner Frau erfahren, auch wenn es nicht in ihrem Sinne sein mochte.

Den ganzen Nachmittag und den kommenden Abend verbrachte Nina damit zu recherchieren, wie sie Robin wohl am besten erreichen konnte, während sich Liselotte hingebungsvoll dem kleinen Jonas widmete. Sie wusste einfach besser bescheid, wie sie ihn beruhigen konnte. Ein Brief würde zu lange dauern. Aber natürlich, auf dem Brief musste der Absender ein Hinweis dafür sein, wo er sich gerade aufhielt. Warum war sie bloß nicht eher darauf gekommen?

Nina hatte den Gedanken noch nicht einmal zu Ende gedacht, da läutete das Telefon. Sie durchfuhr eine Gänsehaut. Wer um Gottes Wille würde zu solch später Stunde noch anrufen? Es war ihr nicht geheuer und mit einem Gefühl des Unbehagens nahm sie den Hörer ab.

Am anderen Ende meldete sich eine junge Frauenstimme im Namen des Klinikums. Annalena würde im Operationssaal liegen und würde wohl die Unterstützung eines nahen Angehörigen brauchen können, wenn sie wieder aufwachen würde.

Nina zog sich sofort an und sprintete durch die Wohnung, um ihre Sachen zu suchen, während sie Liselotte in aller Eile versuchte zu erklären, dass Annalena im Operationssaal lege. Lieselotte wollte wissen, was geschehen war und da erkannte Nina, dass sie in aller Furcht vergessen hatte danach zu fragen.

Noch nie in ihrem Leben hatte Nina eine so tiefe und heftige Angst. Sie rannte durch die Eingangstür, in Richtung der Station, auf die sie Annalena noch am Nachmittag gebracht hatten. Die Schwester versuchte Nina zu beruhigen und gab ihr eine Tasse Tee.

Gemeinsam saßen sie im Schwesternzimmer an einem Tisch und warteten auf eine Ärztin, die heute im Nachtdienst war.

Genau diese Ärztin würde, soweit Nina wusste, gerade am Operationstisch stehen und versucht das Leben von Annalena und ihre Tochter zu retten. Wenn sie es richtig verstanden hatte, hatte sich die Nabelschnur der Tochter, um den Hals gewickelt, während Annalenas Herz nicht mehr ausreichend Kraft hatte, um beide zu versorgen. Annalena hätte trotz Sauerstoffzufuhr kaum noch geatmet und sei in Ohnmacht gefallen. Noch während Annalena versucht hatte den Notknopf am Nachttisch zu erreichen, schob sich dieser etwas zur Seite und Annalena fiel aus dem Bett und stürzte. Sie wurde daraufhin sofort in den Notoperationssaal gebracht. Mit einem Defibrilator konnte sie wieder ins Leben zurückgeholt werden.

Nina konnte sich kaum beruhigen. Ihre Tränen der Verzweiflung strömten förmlich über ihre Wangen. Als sie aus ihrer Tasche ein Taschentuch herausnehmen wollte, hielt sie einen Briefumschlag von Robin in der Hand. Mit dem Telefon der Station hatte sie versucht die Auskunft anzurufen, um sich mit Robin verbinden lassen zu können.

Wie sie es nicht anders erwatete, war er nicht erreichbar und so entschloss sie sich ihm in aller Verzweiflung eine Nachricht zu hinterlassen in der Hoffnung, dass er sie sobald wie möglich erhalten würde.

46.

Robin wusste nicht ganz, was ihn daran beunruhigte, dass ihm Annalena seit zwei Tagen nicht mehr auf seine Briefe geantwortet hatte. Schließlich kannte er seine Frau. Sie war doch immer auf Achse und konnte trotz ihrer Schwangerschaft nur schwer im Zaun gehalten werden. Wie hatte sie ihm doch gleich immer gesagt?

Natürlich, jetzt fiel es ihm wieder ein, sie behauptete immer, dass eine Schwangerschaft keine Krankheit sei. Er vermisste ihren ewigen Lebensdurst.

Diesen Abend hatte nichts geklappt und er wusste schon am Morgen, als er aufwachte, dass er mit dem falschen Bein aufgestanden war. Die letzten Tage erschienen ihm reichlich kraftraubend, auch wenn es ihn neugierig machte neue Kulturen und Menschen kennen zu lernen.

Die ganze Nacht hatte er sich mit Jens und Luisa und anderen Theaterdarstellern im Hotel zusammengesetzt. Sie wollten untereinander ihre verschiedenen Eindrücke und Erlebnisse berichten. Robin konnte sich manchmal wirklich kringeln vor Lachen. Es war ein schöner Abend, auch wenn es erst den Anschein hatte, als ob der Tag wohl nicht sonderlich erfolgreich werden würde.

Als sie sich dann noch entschlossen hatten alle samt ins Bett zu gehen, musste Robin erst noch den Schlüssel an der Rezeption abholen. Jeden Tag hinterließ er ihn dort zur Aufbewahrung, da er Angst hatte ihn in seiner Schussligkeit zu verlieren. Ihm wurde der Schlüssel ausgehändigt und als Robin auf sein Zimmer kam, blinkte ein rotes Lämpchen auf seinem Anrufbeantworter. Es zeigte ihm an, dass ihm eine Nachricht hinterlassen wurde. Robin drückte den Knopf, um sie abzuhören und ging derweil langsam ins Bad um sich bettfertig zu machen.

Als er am Waschbecken stand, die Zahnpasta auf seine Bürste auftrug, hörte Robin ein verzweifeltes Schniefen am Telefon und dann kam es ihm vor wie in einem Albtraum. Nina, Annalenas beste Freundin, berichtete ihm, er solle unbedingt so schnell wie möglich zurückkommen. Seine Frau lege im Krankenhaus und das Leben von ihr und das seiner Tochter wären in Gefahr.

Robin blieb starr vor Entsetzen. Um ihn herum verschwamm alles und er setzte sich erst einmal auf den Rand der Badewanne. Er konnte es nicht glauben. Sein unwohles Gefühl und seine Bedenken, dass etwas passiert war, weil Annalena nicht mehr auf seine Briefe geantwortet hatte, hatten sich bestätigt. Die größte Angst, die er seit seinem Abflug hatte, sollte nun wahr werden, aber er konnte es nicht einfach so geschehen lassen. Er durfte sie nicht verlieren. Was sollte er denn ohne sie tun? Krampfhaft überlegte Robin, was er tun konnte und entschloss sich seinen Chef anzurufen. Robin sprach mit vollster Überzeugung davon, dass er noch in dieser Nacht einen Flieger nach Deutschland nehmen würde und es gab nichts, was ihn daran hinderte.

47.

Nina hatte die Nachricht von Annalenas Zustand auf Robins Anrufbeantworter hinterlassen und saß voller Anspannung krampfhaft an ihrer Tasse Tee gefesselt. Wie konnte sie es nur so weit kommen lassen, dass Annalena das alles erleiden musste und jetzt das Leben von ihrer Freundin und ihrem Kind auf dem Spiel stand?

Was hatte sie nur falsch gemacht?

Sie verspürte eine solch große Schuld in sich, dass sie nicht wusste, was sie damit anfangen sollte. Doch nun konnte sie an dem Zustand ihrer besten Freundin beim besten Willen nichts mehr ändern. Sie konnte nur noch auf die Ärzte hoffen.

Nina wusste schon viele Jahre, dass Annalena nicht der gesündeste Mensch war, aber sie hatte niemals den Gedanken zugelassen, dass ihre Freundin irgendwann wirklich einmal von ihr gehen könnte.

Von Kindesbeinen an, hatten sie sich gekannt. Später ist jede von ihnen ihren eigenen Weg gegangen und immer öfter haben sie sich für ein paar Jahre aus den Augen verloren, aber sie haben sich immer wieder gefunden. Wie oft hatte Annalena ihr mit Engelszungen Mut und Hoffnung zugesprochen, während sie völlig verzweifelt war?

Nina hielt ihre Probleme oft für so wichtig und eigentlich waren es nur belanglose Dinge, mit denen sie Annalena belastete. Die wirklich lebenswichtigen Probleme hatte schließlich ihre Freundin durchlebt. Sie war es, die jemanden gebraucht hätte, der ihr Trost zusprach.

Um drei Uhr früh kam die Ärztin endlich durch die Tür, die Nina den Zutritt zum Operationsbereich untersagte.
Sie berichtete Nina, dass Annalenas Tochter per Kaiserschnitt zur Welt gekommen war und auf der Neugeborenenstation lag. Annalena selbst lag zur Beobachtung auf der Intensivstation. Sie hatte einen Herzinfarkt. Wenn Nina wollte, könne sie aber beide besuchen. Als sie verstand, was die Ärztin ihr da versuchte zu vermitteln, ließen ihre Knie nach und zwei starke Hände umgriffen sie, damit sie nicht zu Boden fiel.
Es war Robin, der sie stützte und sie in die Arme nahm. Er hatte alles mitbekommen und wusste bereits bescheid. Er überließ es Nina, wen sie zuerst besuchen wollte und sie entschied sich vorerst dafür zu Annalena zu gehen. Gemeinsam gingen sie den Flur entlang und am Fahrstuhl trennten sich ihre Wege. Nina musste den rechten und Robin den linken Flur entlang gehen. Sie sahen sich noch einmal kurz an und beide schienen die Gedanken des anderen lesen zu können. Sie würden die ganze Nacht am Bett der beiden sitzen.

48.

Als Robin sich auf der Neugeborenenstation anmeldete, wurde er von einer Schwester in das Zimmer mit der Nummer drei gebracht. Seine Tochter lag in einem Brutkasten, umgeben von Schläuchen. Sie war noch so klein. Ihre Hand war nicht größer als sein Finger. Trotzdem; sie sah ihrer Mutter schon jetzt ähnlich. Als er völlig gerührt vor ihr stand, las er auf dem Namensschild Margarethe Lasjos.

Er war gerührt. Ohne das Annalena davon wusste, hatte sie ihre Tochter nach seiner verstorbenen Großmutter benannt. Tiefste, verborgene Erinnerungen kamen ihm zurück ins Gedächtnis. Wie er zusammen mit seiner Großmutter im Garten saß, bei ihr das Obst förmlich von den Bäumen naschte und wenn sie gemeinsam spazieren gegangen waren, hatte er stets darauf geachtet, dass seine Oma nicht auf die Ameisen trat.

Während Robin neben seinem kleinen Töchterchen saß, wusste er schon jetzt, dass sie wie ihre Mutter eine Kämpfernatur war. Sie hatte es geschafft das Licht der Welt zu erblicken und das unter Umständen, die nun wirklich nicht einfach waren. In dem gedämpften Licht sah er, dass draußen an ihrem gemeinsamen Himmelszelt der Mond für sie leuchtete. Er wies ihnen mit den Sternen den Weg in die Zukunft und würde sie stets lenken und leiten.

Robins Chef war entsetzt darüber, dass er einfach von Moskau abgereist war und noch dazu hatte er jetzt beschlossen, dass er die Tournee auch nicht weiterführen würde. Wenn Robin etwas gelernt hatte, dann war es, dass ihn seine Familie jetzt dringender brauchte, als je zuvor und er sich nur bei ihr angekommen und wohl fühlte. Er musste jetzt für seine Frau und seine Kinder da sein.

Nina saß am Bett ihrer Freundin eingehüllt in einen Kittel mit Mundschutz und Häubchen. Sie wusste nicht, was sie sagen sollte, als sie neben ihr saß und ihr Hand nahm. Annalena wachte auf, als sie sie berührte. Sie schlug ihre strahlend blauen Augen auf und lächelte. Einfach so lächelte sie und das nachdem sie all das hinter sich hatte. Sie hätte doch vor Schmerzen und so entkräftet, wie sie war einen völlig anderen Gesichtsausdruck haben müssen. Wie machte diese Frau das nur? Sie hatte eindeutig mehr in ihrem Leben gelernt, als jeder andere. Ihre beste Freundin war am Leben und nur das zählte, auch wenn Nina wusste, dass sie von nun an ein dunkler Schleier umgab.

49.

Annalena wachte auf und sah ihre beste Freundin Nina an ihrem Bett sitzen. Sie wusste nicht was passiert war, aber sie bemerkte wie besorgt und traurig ihre beste Freundin aussah. Anscheinend war etwas schlimmeres passiert, als sie annahm. Bisher konnte sie sich nur noch daran erinnern, dass sie um Atmen rang, als sie die Notklingel an ihrem Nachttisch drücken wollte. Mehr wusste sie nicht mehr und es schien wohl auch besser so gewesen zu sein. Ihr linker Arm war in eine Gipsschale eingehüllt. Durch einen Schlauch erhielt sie Sauerstoff, ohne dass sie selbst atmen musste. Ihr Bauch spannte nicht mehr und ihr war klar, dass ihre Tochter geboren worden war, auch wenn es per Kaiserschnitt geschah. Die Einschnittstelle an ihrem Bauch schmerzte noch ein wenig, aber allein der Gedanke an ihre Tochter erfüllte sie vollkommen und es blieb ihr nichts anderes übrig, als Nina anzusehen und zu lächeln bevor sie vor Erschöpfung wieder einschlief.

Wie lange sie schlief wusste Annalena nicht. Immer wenn sie aufwachte, saß jemand anderes an ihrem Bett. Einmal dachte sie geträumt zu haben, als sie Robin neben sich sah. Doch sie träumte nicht. Er war es wirklich.

Mehrere Wochen lang ging Robin jeden Tag ins Krankenhaus, um seine Tochter und seine Frau zu besuchen. Seine kleine Tochter erholte sich gut und nahm immer mehr an Gewicht zu. Sie hatte den Überlebensmut förmlich im Blut. Seine Frau hingegen machte ihm mehr Sorgen. Sie schien seit zwei Wochen immer noch nicht vollkommen zu sich zu kommen. Allmählich begann er sich zu sorgen. Die Ärzte hatten ihm erklärt, dass es um Annalena etwas schlechter aussah, als um ihre Tochter. Sie rieten ihm, wenn sich seine Frau wieder erholen würde, an die Ostssee mit ihr zu reisen. Die Seeluft würde ihr gut tun. Denn niemand wusste, ob sie jemals wieder zu einhundert Prozent genesen würde. Ihr Herz sei enorm geschwächt.

Bei dem Kaiserschnitt hatte sich bereits herausgestellt, das Blut in Annalenas Bauchhöhle eintrat. Es wäre allein Annalenas Willenskraft, dass sie das alles überlebt hatte. Sie war wie Unkraut, das nicht verging und vermutlich hatten die Ärzte auch Recht damit, aber Robin wusste, dass es nicht leicht werden würde.

Er entschloss sich mit seinen Kindern und seiner Frau an die Ostsee zu ziehen und fand im Internet ein kleines Holzhaus, das zum Verkauf stand und wenn er schon so viel Geld verdient hatte, dann wusste er jetzt wenigstens wofür.

Wenn Robin nicht im Klinikum war, ging Nina zu den beiden. Er hatte ihr von seinen Plänen berichtet. Nina fand diese Idee sagenhaft und nun war sie wirklich davon überzeugt, dass Robin der richtige Mann für ihre Freundin war.

50.

Robin packte einen Koffer mit seinen Sachen und überließ es Liselotte, die notwendigen Dinge für Jonas einzupacken. Als Liselotte von dem Umzug erfuhr, rechnete Robin damit, dass sie ihren Job kündigen würde, aber zu seinem Erstaunen hatte sie sich dazu entschlossen ihnen weiterhin im Dienst zu stehen und mit umzuziehen.

Gemeinsam wollten sie in den nächsten Tagen das neue Haus besichtigen und es kaufen. Robin war sich schon auf dem Weg dorthin sicher, dass es das Richtige sein würde. Da bestand gar keine Frage.

Jonas hatte sich in der Zwischenzeit so sehr an Liselotte gewöhnt, dass sie wie eine Oma für ihn war und Robin war sichtlich erleichtert, dass er sie annahm und ihm somit etwas Last abgenommen wurde. Nina hatte sich sogar bereiterklärt während ihrer Abwesenheit ein paar Kisten zu packen, um den Umzug mit zu organisieren.

Als sie die Insel Rügen erreichten, fuhren sie durch enge Straßen, gesäumt von hohen Bäumen. Robin begriff erst jetzt wirklich, was die Ärzte damit meinten, als sie sagten, dass Annalena diese Gegend gut tun würde.

Jonas saß auf dem Rücksitz an Liselotte gelehnt und hatte seine Augen geschlossen. Der kleine Kerl musste schon jetzt in seinen jungen Jahren so viel durchmachen.

Als sie in die abgelegenen Dörfer kamen, hatte er das Haus endlich gefunden und noch am selben Tag spielte Jonas am

Strand, der von der Terrasse aus zu sehen war. Dabei wunderte der Kleine sich, dass das Wasser seine Fußspuren im Sand immer wieder wegspülte. Es schien ihm sichtlich zu gefallen. Robin unterhielt sich noch mit dem Verkäufer und bekam das Angebot einige Möbelstücke übernehmen zu dürfen.

Was sollte er dazu sagen? Mit ihren wenigen Möbeln aus der Wohnung hätten sie das Haus niemals füllen können. Da kam ihm dieses Angebot gerade recht.

Am Abend konnten sie sogar im Gästezimmer des Verkäufers schlafen. Doch bevor es soweit war, ging Robin mit Jonas auf den Schultern am Strand entlang und genoss ein wenig die Leichtigkeit, die er gerade empfand.

Noch vor zwei Tagen hatte er seinen Job gekündigt und mit dem Geld der Tournee konnte er nicht nur das Haus, sondern auch die nächste Zeit für seine Familie bezahlen. Hier würde es seiner Annalena bestimmt gefallen und auf der Terrasse würde er ihren Schaukelstuhl platzieren. Dann hätte Annalena immer den Blick zum Meer. Sie liebte schließlich die Sonnenuntergänge.

51.

Als Annalena nach langer Zeit wieder langsam zu Kräften kam, wurde es ihr gewährt, dass Nina sie im Rollstuhl zu ihrer Tochter bringen durfte. Sie war schon ganz aufgeregt und es kribbelte in ihrem Bauch, wenn sie nur daran dachte endlich ihr kleines Mädchen sehen zu dürfen. Als sie auf der Station von Margarethe angekommen waren, bemerkte sie, dass sie die Schwestern zwar herzlich empfingen, aber Annalena war sich ganz sicher, dass ihre Krankengeschichte bereits bis hierher vorgedrungen war und trotzdem war es ihr egal. Jetzt ging es nur um ihre Tochter und nicht um sie.

Da lag sie nun. Ihre Füße waren in kleine selbst gestrickte Söckchen von Liselotte gepackt. Dazu war sie in einer Windel und einem kleinen weißen Häubchen eingehüllt. Annalena war sichtlich gerührt, wie ihre kleine Tochter schon jetzt kämpfte und dabei hatte ihr Leben noch nicht einmal richtig begonnen. Es war ihre Tochter, die da lag und vor sich hin schlummerte in der Wärme des Inkubators. Die Schwester erlaubte es Annalena das Frühchen durch eine runde Öffnung, die aussah wie ein Bullauge eines Schiffes, zu berühren. Denn mehr war ihr leider noch nicht gestattet.

Die Ärzte meinten, dass Annalena ihre Tochter noch nicht hochnehmen dürfe. Es würde Annalena kräftemäßig zu sehr beanspruchen. Sie streichelte das kleine Händchen und Margarethe umgriff den Finger ihrer Mutter und öffnete dabei ihre kleinen Äuglein.

Stundenlang hätte Annalena einfach nur dasitzen können und ihr Baby streicheln. Doch schon nach zehn Minuten spürte sie, dass sie noch nicht genügend Kraft dafür hatte und beschloss für sich ihre Tochter jeden Tag zu besuchen und sich soweit aufzuraffen, dass sie bei jedem Besuch etwas länger bei ihr sein konnte. Es war ihre Tochter für die es sich noch zu leben lohnte und für ihren Sohn - eigentlich für ihre ganze Familie.

Annalena hatte einmal gehört, dass es sich immer lohnen würde zu leben. Doch immer, wenn sie auf ihre Station zurückkam und sich bei jeder Bewegung abmühte und nicht wusste, woher sie die Energie nehmen sollte, konnte sie dieser Lebensweisheit nichts abgewinnen. Sie wusste, dass sich ihr Leben von nun an komplett geändert hatte. Trotz allem hatte sie alles erreicht, was sie sich bisher gewünscht hatte und das löste in ihr ein Gefühl der Zufriedenheit aus. Sie hatte immer alles versucht, um sich ihre Wünsche zu erfüllen und mittlerweile konnte sie auch nicht mehr sagen, dass sie irgendetwas in ihrem bisherigen Leben hätte anders machen wollen. An jeder Schwierigkeit war sie gewachsen und das anscheinend schneller, als ihr manchmal lieb war.

Dass Robin ihnen ein Haus an der Ostsee kaufte, hielt sie für übertrieben, aber es reizte sie trotzdem, dies als ihr neues zu Hause betiteln zu können. Rügen war schon immer eine Gegend, die ihr in schweren Zeiten Kraft verlieh und ihr die innere Ruhe gab, wenn die Wellen an die Brandung schlugen, während der Wind ihr durch die Haare fuhr und der salzige

Geruch des Wassers ihr in die Nase stieg. Wenn sie die Algen spürte, die manchmal an ihren nackten Füßen hingen, wenn sie am Strand entlang ging, um Muscheln zu sammeln. Dann war sie, wie eine leere Flasche, ohne jeglichen Gedanken und völlig entspannt, wie ein kleines Kind.

Robin hatte Recht indem er behauptete, dass ihnen das allen zu Gute kommen würde. Es war bloß ein merkwürdiges Gefühl nach dem langen Krankenhausaufenthalt in ein neues Heim zurückzukehren, fern dem Ort, in dem alles seinen Anfang nahm. Sie würde ihre Freunde vermissen, aber vielleicht wäre es auch besser, sie nicht mehr zu sehen. Sie würden es sowieso nicht ertragen Annalena so zu sehen. Denn schon jetzt schien es ihren Freunden lieber zu sein sich zurückzuziehen, da sie wussten, dass Annalena sehr krank war und anscheinend waren sie der festen Überzeugung, dass ein kranker Mensch nicht mehr besucht werden wollte und völlig in Ruhe gelassen werden sollte.

Ach, wenn sie nur gewusst hätten, wie es Annalena wirklich ging. Sie wünschte sich nichts sehnlicher, als in irgendeiner Weise am gesellschaftlichen Leben teilhaben zu können. Es war ihr fremd so allein zu sein. Sie hätte alles dafür getan, dass ihre Freunde und auch einige Verwandte die Kraft gefunden hätten über ihren eigenen Schatten zu springen, um ihre Angst zu besiegen und auch eine solch schwere Zeit mit ihr gemeinsam durchstehen zu können.

Und es war schon ein Wunder, dass ihre Margarethe ihr die Kraft gab, binnen einiger Wochen wieder einigermaßen auf den Beinen zu sein, auch wenn ihre Kraft immer noch schnell schwand. Ihrer Tochter schien es ebenso zu gehen. Der Bund zwischen ihnen war bereits während der Schwangerschaft entstanden. Annalena schien all ihre Entschlossenheit an sie weitergegeben zu haben.

52.

Nina hatte allmählich alles verpackt, was es in der Wohnung ihrer Freundin zu verpacken gab und das war eine ganze Menge. Völlig erschöpft setzte sie sich auf einen der Kartons, als die Klingel ertönte. Robin und Jonas standen vor der Tür. Liselotte musste ihre eigenen Sachen noch zurechtpacken und organisieren. Sie war immer noch der festen Überzeugung mit ihnen umziehen zu wollen und anscheinend waren allesamt sehr erleichtert über diesen Entschluss.

Der Umzug würde wohl noch viel Zeit in Anspruch nehmen, ehe sie alles in dem neuen Haus verstaut hatten und alles wieder an seinem Platzt lag.

Der Umzugswagen war bis zum Rand gefüllt, nicht einmal ein Kuscheltier von Jonas hätte noch eine Lücke gefunden.

Annalena war, Gott sei Dank, die meiste Zeit damit beschäftigt sich ihrer Tochter zu widmen und selbst zu Kräften zu kommen und Robin war mehr als nur erleichtert darüber, dass sie sich nicht von ihm im Stich gelassen fühlte. Er hätte nicht gewusst, wie er den Umzug sonst organisieren sollte, ohne sich zu zerteilen.

Alle aus der Familie waren sichtlich beglückt, als sie mitten im Wohnzimmer des neuen Hauses standen und sich nach getaner Arbeit umsahen. Sie stießen mit einem Glas Orangensaft an und Jonas zupfte an Robins Hemd. Er wollte unbedingt mit ihm an den Strand gehen und es war sein gutes Recht, darum zu bitten.

Jonas war während des gesamten Umzugs so artig gewesen.

Er beschäftigte sich mit seinem Spielzeug auf der Terrasse auf seinem Spielteppich, den Robin ihm extra hingelegt hatte und hatte geduldig die letzte Woche damit verbracht zu beobachten und ab und an auf dem Teppich zu schlafen.

Beim Einräumen des großen Kinderzimmers, das sie wohl in ein paar Jahren durch eine Trennwand teilen müssten, damit jedes Kind seine Privatsphäre hatte, durfte Jonas tatkräftig mithelfen. Er wusste genau wo jedes Spielzeug, egal ob sein Lieblingskuscheltier oder die Bausteinkiste, seinen Platz finden sollte. Zu aller Überraschung hatte Jonas beschlossen sein Lieblingskuscheltier in sein altes Kinderbettchen auf das Kopfkissen zu legen, das schon bald seiner Schwester gehören sollte. Er wollte es ihr schenken. Denn Jonas war der Meinung, er sei so schon groß genug für ein eigenes Bett und da bräuchte er sein Kuscheltier nicht mehr. Er hatte schließlich noch seine Sonne als Kuscheltier, die ihm auch als Kopfkissen diente.

Robin, Nina und Liselotte waren sichtlich gerührt und Jonas hatte noch am selben Abend versucht seine Entscheidung der Mama am Telefon zu erzählen.

Annalena war darüber mehr als erstaunt, dass ihr kleiner Jonas schon jetzt so gereift war. Lag er nicht eben noch genauso auf ihrem Arm wie Margarethe jetzt und trank sich an ihrer Brust satt?

Ihr kleiner Junge hatte so lange nicht richtig gesprochen und nun trat ein Phänomen ein, dass sie schon immer in ihm vermutet hatte. Er hatte all die Zeit, in der er nicht sprach, beobachtet und zugehört, bis er selbst genug erzählen konnte. Jonas wollte nicht mit einem einzigen Wort beginnen, sondern mehr erzählen. Er war ein richtig schlauer Junge und in ihm würden wohl noch viele Talente stecken, die sie noch nicht einmal beim Namen nennen konnte.

53.

Als Annalena langsam und bedächtig ihren Koffer packte, um endlich in ihr neues Heim reisen und das Klinikum verlassen zu können, war Robin zu ihr gekommen. Jonas wollte lieber am Strand spielen und hatte sich entschlossen zu Hause bleiben zu wollen. Annalena verletzte das sehr. Denn sie hatte ihn schon so lange Zeit nicht mehr gesehen und jetzt wollte er sie noch nicht einmal mit abholen, aber er würde seinen Grund haben und sie musste ihn seine Entscheidungen selbst treffen lassen, damit er sich entfalten konnte.

Auf der Neugeborenenstation hatte sich Margarethe zu einem prachtvollen Mädchen entwickelt und Robin war erstaunt darüber, wie schnell sie in der letzten Zeit gewachsen war. Auch er hatte sie schließlich lange nicht mehr in den Armen gehalten. Das medizinische Personal wünschte ihnen alles Gute und Annalena wurde noch immer im Rollstuhl zum Auto gefahren. Doch dabei hatte sie ihre Tochter auf dem Schoss. Annalena durfte sich noch nicht belasten und hatte strikte Anweisung bekommen sich noch zu schonen und nicht zu überanstrengen.

Eine Ärztin in ihrer neuen heimatlichen Umgebung wurde ihr bereits empfohlen und Annalena hatte auch schon mit ihr telefoniert und ihren Wunsch nach Hausbesuchen mit ihr abgesprochen.

Die Reise in ihr neues Heim hatte etwa acht Stunden gedauert. Margarethe hatte ein paar mehr Pausen in Anspruch genommen und ein kleiner Stau verlängerte ihre Reise.

Endlich angekommen war Annalena mehr als erstaunt darüber, wie schön die Gegend war, in der sie jetzt wohnen würden.

Auf der Terrasse stand ihr Jonas in einem kleinen Matrosenshirt mit einer passenden blau - weiß gestreiften Mütze auf dem Kopf und schrie mit einem dicken Lächeln, dass über beide Ohren reichte, ein Herzlich Willkommen in seiner Kindersprache. Danach rannte er auf sie zu und drückte sie. Darauf, dass Robin ihm versuchte zu erklären, dass er vorsichtig sein sollte, reagierte sein Sohn überhaupt nicht. Er sagte Annalena ins Ohr, dass er sie ganz sehr lieb und sie vermisst hatte.

Nina trat aus der Küche heraus mit einem Tablett in der Hand und brachte das Abendbrot mit einer Vielfalt von frischem Fisch auf kleinen Brothäppchen zum Tisch. Nina wusste allerdings nicht, was sie sagen sollte, als sie Annalena vor sich stehen sah. Sie konnte nicht diese Leichtigkeit der Begrüßung aufbringen, wie es Jonas in seiner kindlichen Unbeschwertheit tat. Ihre beste Freundin sah sichtlich gezeichnet aus. Die letzte Zeit schien ihre Spuren hinterlassen zu haben. Ihr Gesicht war eingefallen und die Augen schienen in Höhlen eingebettet zu sein. Auch ihre Augen strahlten nicht mehr voller Übermut und Optimismus, wie früher. Nina wusste, dass es wohl nicht mehr lange dauern würde und noch dazu hatten die Ärzte ihr nicht viel Hoffnung gemacht. Sie schloss Annalena mit aller Liebe in die Arme und versuchte ihre Tränen, die in ihren Augen aufstiegen, zu unterdrücken.

Als Annalena ihre Kinder am Abend ins Bett brachte, wollte Jonas erst nach Margarethe ins Bad gehen, um Zähne zu putzen. Als er im Schlafzeug ins Zimmer kam, guckte er in sein altes Kinderbettchen, in dem nun seine kleine Schwester lag und küsste sie auf die Stirn und wünschte ihr eine gute Nacht. Dann legte er sich in sein mit Bärchenbettwäsche bezogenes Bett und ließ sich von Annalena zudecken. Das Aquarium stand immer noch im Kinderzimmer und gab Jonas das gewohnte heimische Licht in der Nacht, was er brauchte.

Er schlief sofort vor Müdigkeit ein und auch Annalena gab ihm einen Kuss auf die Stirn bevor sie aus dem Zimmer ging und die Tür einen kleinen Spalt offen ließ.

Robin, Nina und Liselotte ließen den Abend noch auf der Terrasse ausklingen und Annalena saß währenddessen in ihrem so geliebten Schaukelstuhl. Als sie vor Erschöpfung eingeschlafen war, trug Robin sie ins Bett. In der vergangen Zeit war Annalena mittlerweile so abgemagert, dass es kein Problem für ihren Mann war, sie zu tragen.

54.

Die nächsten Monate vergingen wie im Fluge und Annalena konnte zusehen wie ihre Kinder heranwuchsen. Sie spielten jeden Tag am Strand und Jonas wurde von Robin unter der Woche in den Kindergarten gebracht. Es war Annalena wichtig, dass er Kontakt mit Gleichaltrigen hatte und Freunde fand.

Mittlerweile war es an der höchsten Zeit, dass er mehr Freude im Leben fand und nicht von der Krankheit seiner Mutter eingeschränkt wurde. Jonas hatte ihr schon jetzt gezeigt, dass er für seine Mutti und seine Schwester alles zurückstecken würde. Er war ein übermäßig rücksichtsvolles Kind.

An einem Freitag beim Abendbrot fragte Robin seinen Jonas, ob er Lust hätte mit ihm auf einen kleinen Rummel nach Binz zu gehen. Jonas strahlte vor Glück, sah Annalena an und fragte, ob sie auch mitkommen würde. Doch Annalena hatte ihre Kraft immer mehr verloren und die Kontrolluntersuchungen waren immer wieder auf dasselbe Ergebnisse zurückzuführen. Es ging mit Annalena Berg ab und Robin hatte auch nicht das Gefühl, dass sie noch weiter kämpfen wollte. Er war froh darüber, dass sie in ihr neues Heim gezogen waren. Stundenlang verbrachte Annalena ihre Zeit auf der Terrasse.

Robin entschloss sich deshalb am nächsten Tag mit seinem Sohn und seiner Tochter gemeinsam auf den Rummel zu gehen.

Robin wickelte seine Tochter in das Tragetuch und nahm Jonas an die Hand, als sie über den Marktplatz spazierten.

Da Robin aufgrund seiner Kündigung nicht mehr in seinem alten Job arbeiten konnte, erkundigt er sich und fand auf der Insel eine kleine Anstellung als Dirigent eines Laienchores und eines kleinen Orchesters. Dadurch hatte er Kontakte zu den so genannten „Fischköppen" gefunden und traf einige Bekannte auf dem Markt mit ihren Kindern, die auch Jonas bekannt waren.

Sie unterhielten sich völlig unbeschwert, während die Kinder sich Schminken ließen oder Karussell fuhren. Doch trotz allem musste Robin stetig an Annalena denken. Sie sah an diesem Morgen besonders geschafft aus und es machte ihm Sorgen, wie schweigsam sie in den letzten Wochen geworden war. Allerdings hatte er jetzt das dringende Bedürfnis, dass sich seine Kinder amüsieren sollten.

Annalena bat Liselotte darum sie auf die Terrasse zu setzten, obwohl die Ärztin ihr an diesem Tag strikte Bettruhe verordnet hatte und ihr empfahl endlich wieder ein wenig zu essen. Liselotte wusste, wie ein Mensch aussah, dessen Lebenswille verloren gegangen war.

Annalena sah in die untergehende Sonne und war mit ihrer Lieblingswolldecke zugedeckt. In der Ferne hörte sie den Aufschrei einer Möwe und die Wellen stießen in die Brandung. Es kam etwas Wind auf, der sie führte. Annalena schloss die Augen und dachte an ihre Kinder. In einem letzten Gebet dachte sie an ihre Familie und sprach in Gedanken zu ihnen, dass sie immer auf sie achtgebe und vom Himmel herab auf sie schauen würde. Ein wohliges und entspanntes Gefühl durchfuhr sie und mit einem wunderbaren Gedanken an ihre Kinder und ihren Mann, ging sie ohne jegliche Angst von dieser Welt. Sie hatte alles in ihrem Leben getan, was es zu tun galt und Gott wollte sie nun bei sich haben. Seine Wege waren nun einmal unergründlich und er schenkte ihr die Erlösung.

55.

Auf dem Marktplatz fing Margarethe auf einmal aus heiterem Himmel an zu weinen und nichts und niemand konnte sie beruhigen, auch Jonas wollte unbedingt nach Hause. Warum um alles in der Welt reagierten Robins Kinder gerade auf diese Art und Weise? War etwas mit seiner Annalena passiert? Wenn sie etwas verband, dann war es seine Frau und seine Gedanken an sie verfolgten ihn schon seit er auf dem Rummel war. Er nahm Jonas an die Hand und sie eilten zum Auto. Irgendetwas in Robin verriet ihm, dass er sich beeilen musste.

Als Lieselotte auf die Terrasse trat wusste sie, was in dem Gesicht von Annalena geschrieben stand. Sie war von ihnen gegangen und so trug sie sie ins Bett, dass sie mit roten Rosenblättern bedeckte.

Die Ärztin kam noch einmal, wie jeden Abend zu einem Kontrollbesuch und stellte ebenfalls den Tod fest. Da sie mit Robin über ihren Mann gut bekannt war, wollte sie die Beerdigung organisieren. In der vergangenen Zeit, seit sie diese Familie nach ihrem Umzug in diese Gegend betreute, hatte sie niemals so viel über das Leben gelernt, wie von dieser Frau, die ihre Patientin war und von deren Familie.

Als Robin mit den Kindern vor die Tür fuhr, standen Liselotte und die Ärztin bereits wartend am Eingang. Robin wusste nicht, was auf ihn zukam, aber die Gesichter der beiden ließen ihn etwas Schreckliches erahnen. Liselotte nahm die Kinder und ging mit ihnen zum Strand.

Sie versuchte Jonas zu erklären, dass seine Mama von nun an immer vom Himmel herab auf sie achtgeben würde und bei Gott war. Jonas sagte keinen Mucks und er sah sie auch nicht an, während sie redete. Liselotte wusste nicht, was in diesem Kind und in seinem Kopf vorging. Er weinte nicht und er schrie nicht. Er schwieg einfach, während Margarethe im Tragetuch an Liselottes Brust schlief.

Ein lauter Schrei dröhnte ihnen ins Ohr. Es war Robins hilfloser Schrei. Jonas zuckte nicht einmal zusammen, als er diesen Schrei des Entsetzens hörte. Im Gegenteil, Jonas blickte auf das Meer und wollte auch noch am Abend am Strand bleiben. Liselotte ließ in gewähren. Sie wusste, dass es Annalenas Willen war, dass Jonas frei entscheiden konnte. Darum sollte er auch frei wählen, wie er den Abschied von seiner Mama verarbeiten wollte. Liselotte brachte Margarethe ins Bett.

Der Bestatter ließ Robin den Abschied von seiner Frau so lange gewähren, wie er die Zeit brauchte. Robin lag neben ihr im Bett und konnte nicht begreifen, wie Gott ihm seine Frau nehmen konnte. Das Beste was er hatte, war ihm genommen geworden.

Während Robin in den nächsten Tagen zusehen musste, wie sein Sohn tagsüber schweigend am Strand saß und nachts von Albträumen weinend aufwachte, plagte ihn ein solch schlechtes Gewissen, dass er Annalena niemals ersetzen konnte.

Doch Robin wusste, dass Annalena das Wohl der Kinder und ihre freie Entfaltung der Persönlichkeit vor alles andere ging und so beruhigte Robin seinen Sohn jede Nacht auf's Neue und versuchte ihm etwas von der Geborgenheit zu geben, die Annalena ihnen hinterließ.

Einige Zeit später sortierte Robin persönliche Dinge von Annalena aus und schwelgte in Erinnerungen, als er in einer Schublade ihres Nachttisches ein Buch fand. Auf dem roten festen Einband lag ein Füllfederhalter. Er nahm es heraus und schlug es vorsichtig auf, so als hätte er einen wertvollen Schatz in der Hand und wahrhaftig es war ein Schatz von unbezahlbarem Wert.

Der Titel des Buches lautete „Annalena" und die erste Seite begann mit folgendem Satz:

„Einen Tag wie diesen müsste Annalena eigentlich als einen perfekten Tag dieser Jahreszeit bezeichnen......"

Nachwort

Lieber Leser/innen,

wenn Ihnen dieses Buch gefallen hat, so würde ich mich freuen, wenn Sie es weiterempfehlen würden.

Oft begegnen wir im Alltag auch Menschen, denen diese Zeilen vielleicht ein Lichtblick sein könnte. Auch dann wünsche ich mir, dass Sie es weiter empfehlen oder einfach nur verschenken.

Machen Sie Ihren Mitmenschen eine Freude!

Und sollten Sie den Drang verspüren mich zu kontaktieren oder Fragen zu meinem Buch haben, so können Sie mir gerne eine Mail schreiben.

Bis dahin wünsche ich Ihnen Gottes Segen und alles Liebe.

Ihre Marie Pschribülla

Kontaktdaten

E-Mail: MariePschribuella@web.de

Kontakt über IFHS: elterlein@hochsensibel.org

Buchverkauf unter: www.bod.de

Herstellung und Verlag:
BoD - Books on Demand, Norderstedt
ISBN 978-3-7347-4628-4